SI JAMAIS

JE TE PINCE...

COMÉDIE EN TROIS ACTES, MÊLÉE DE CHANTS

PAR

MM. LABICHE ET MARC-MICHEL

Représentée pour la première fois, à Paris, sur le théâtre du Palais-Royal

le 9 mai 1856.

NOUVELLE ÉDITION

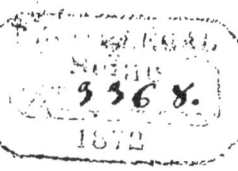

PARIS

MICHEL LÉVY FRÈRES, ÉDITEURS

RUE AUBER, 3, PLACE DE L'OPÉRA

LIBRAIRIE NOUVELLE

BOULEVARD DES ITALIENS, 15, AU COIN DE LA RUE DE GRAMMONT

—

1872

Droits de reproduction, de traduction et de représentation réservés

Distribution de la Pièce.

PROSPER FARIBOL, musicien........... MM. RAVEL.
LÉOPARDIN, flûte.................... HYACINTHE.
PAPAVERT, ancien officier de santé...... AMANT.
PAUL DE SAINT-GLUTEN............. LERICHE.
LUCIEN, garçon de café.............. OCTAVE.
ALEXANDRA, femme de Faribol........ Mmes ALINE DUVAL.
CORINNE, femme de Papavert.......... CHAUVIÈRE.
FRANÇOISE, bonne d'Alexandra........ DÉSIRÉE.
PREMIER CLERC DE NOTAIRE......... MM. DUCHÊNE.
DEUXIÈME CLERC................. LACROIX.
TROISIÈME CLERC................. LUCIEN.
QUATRIÈME CLERC................ LEMONNIER.
UN HABITUÉ DU CAFÉ.............. PAUL.
INVITÉS DES DEUX SEXES.

La scène est à Paris.

Clichy. — Imp. Paul Dupont et Cie, rue du Bac-d'Asnières, 12.

SI JAMAIS JE TE PINCE..!

Acte premier.

Une place. — Un café avec une tente et des tables à gauche. — Une maison à droite, portant le numéro 7 et dont la porte est surmontée d'une enseigne de dentiste. — Au fond, perspective d'une rue s'éloignant vers la droite. — Une borne au fond, vers la gauche. —Rues praticables, à gauche, après le café, et à droite, avant et après la maison.

SCÈNE PREMIÈRE.

PAPAVERT LUCIEN, puis LÉOPARDIN.

LUCIEN, au fond, parlant à la cantonade.

Oui, mam'zelle Pichenette!.. soyez tranquille, je lui remettrai votre clé... et je lui dirai de vous attendre. (Redescendant la scène.) Elle est gentille, cette jeunesse... c'est une élève du Conservatoire... classe de piano... mais elle se dérange... elle a des rendez-vous avec un petit musicien... Oh! les musiciens! c'est tous farceurs!.. (Apercevant Papavert qui est assis à une table et cherche des papiers dans un portefeuille.) Voilà! voilà!

PAPAVERT, étonné.

Quoi?

LUCIEN, frottant la table avec sa serviette.

Grog? absinthe? vermouth?

PAPAVERT.

Tu m'ennuies!.. je ne prends jamais rien!..

LUCIEN.

En voilà une pratique!.. (Il rentre dans le café.)

PAPAVERT, seul, se levant.

Je suis bien en train de prendre du vermouth!.. un homme qui donne un bal ce soir!.. Quel ennui! j'en perds la tête!.. C'est ma femme, madame Papavert, qui l'a voulu... elle dit que pour marier notre nièce il faut la faire connaître... moi ce n'est pas mon avis...-parce que Emérantine...

Air : *Un homme pour faire un tableau.*

Elle a des talents d'agrément,
Elle dessine comme un ange...

* P. L.

Mais sur le dos de cette enfant
Se passe un phénomène étrange:
Une épaule grandit au mieux,
L'autre à la suivre perd courage;
Et cependant toutes les deux
Ont exactement le même âge!
Toutes les deux ont le même âge!

Il me reste quelques lettres d'invitation. (Parlé.) « Monsieur et
« madame Papavert vous prient de leur faire l'honneur de ve-
« nir passer la soirée chez eux le jeudi 15 février. Il y aura un
« violon et une flûte. » (Parlé.) J'ai bien envie d'y ajouter ce
post-scriptum... « Monsieur Papavert, ancien officier de santé,
« continue à donner des consultations de midi à quatre heu-
« res... » Ça me fera connaître! (Il se rassied et appelle.) Garçon!
garçon!

LUCIEN, sortant du café *.

Voilà! voilà!... Grog? absinthe? vermouth?.. (Il frotte la table.)

PAPAVERT.

Il est embêtant avec son vermouth!.. donne-moi une plume
et de l'encre.

LUCIEN, les prenant sur l'appui de la fenêtre.

Ah bah!.. voilà! voilà! (Il s'assied à une table au troisième plan et lit
le journal.)

PAPAVERT, écrivant.

Je crois que c'est une très-bonne idée!

LÉOPARDIN, entrant par le fond, à droite **.

Sapristi! que je souffre! que je souffre! (Il tient son mouchoir sur
sa joue.) On m'a dit qu'il y avait un dentiste dans cette rue... Oh!
là! là!.. (Appelant.) Garçon!

LUCIEN, se levant et accourant.

Voilà! voilà! Grog? absinthe? vermouth?

LÉOPARDIN.

Non! pas vermouth!.. Oh! là! là!.. le dentiste, s'il vous
plaît?

LUCIEN.

Le dentiste?.. là !.. en face!.. Monsieur ne prend pas autre
chose?

LÉOPARDIN.

Merci. (Le garçon revient s'asseoir.) Décidément, je vais me la faire
arracher... parce que quand on souffre... il n'y a pas à hési-
ter!.. (Il pose la main sur le marteau de la porte et s'arrête tout à coup.)
Tiens!.. tiens!.. c'est bien drôle!.. je ne souffre plus!.. c'est
parti... tout à fait!.. je serais bien bête de me faire arracher
une dent qui me laisse tranquille!.. Cinq francs de gagnés!
(Appelant.) Garçon!

* P. L.
** L. L. Lé.

LUCIEN, se levant et accourant.

Monsieur!

LÉOPARDIN.

Ça va mieux! merci... (S'en allant.) ça va mieux!

LUCIEN, à part.

Eh bien! qu'est-ce que ça me fait? (Léopardin sort à droite, tr -
sième plan.)

SCÈNE II.

PAPAVERT, LUCIEN.

PAPAVERT, achevant d'écrire.

Là! voilà qui est terminé!.. Mais des lettres d'invitation ça ne
suffit pas... il faut des invités... jeunes et célibataires... Il vient
beaucoup de petits messieurs dans ce café... il faut que je ques-
tionne adroitement le garçon. (Il frappe sur la table.)

LUCIEN, essuyant la table *.

Grog? absinthe? vermouth?

PAPAVERT.

Vermouth!.. si tu continues, je te retire ma pratique!

LUCIEN.

Vous ne prenez rien!

PAPAVERT, se levant.

Je vais prendre des renseignements!.. Qu'est-ce que c'est que
ce monsieur Adolphe qui déjeune là-bas? (Il indique quelqu'un dans
le café dont la porte est ouverte.)

LUCIEN.

C'est un jeune homme.

PAPAVERT.

Qu'est-ce qu'il fait?

LUCIEN, regardant.

Il mange des œufs à la coque!

PAPAVERT.

Est-il marié?

LUCIEN.

Je ne sais pas.

PAPAVERT, indiquant comme ci-dessus.

Et monsieur Ernest?

LUCIEN.

Très-fort aux dominos.

PAPAVERT.

Est-il marié?

LUCIEN.

Il ne me l'a pas dit.

PAPAVERT, sans indiquer.

Et monsieur Arthur?

* P. I.

LUCIEN.

Ah! celui-là... il est garçon!

PAPAVERT.

Très-bien!.. A quelle heure vient-il?

LUCIEN.

Il ne va pas tarder... c'est l'heure de la poule.

PAPAVERT.

Alors, je vais l'attendre *... Ah! dis-moi, mon garçon?..

LUCIEN.

Monsieur?

PAPAVERT.

Tu ne connaîtrais pas un jeune homme proprement mis, actif, intelligent, avec du linge et des gants?

LUCIEN.

Pour quoi faire?

PAPAVERT.

Pour faire passer des rafraîchissements... Je donne un bal ce soir... et comme je n'ai pas de domestique mâle...

LUCIEN.

Dam!.. Monsieur, si vous voulez?.. j'ai ma soirée libre.

PAPAVERT.

Toi?.. as-tu des gants?

LUCIEN.

Oh! oui, Monsieur! des noirs... et du linge aussi!..

PAPAVERT.

Eh bien! je compte sur toi à huit heures précises... Voici mon adresse. (Il lui remet sa carte.)

SCÈNE III.

LES MÊMES, SAINT-GLUTEN, puis ARTHUR.

SAINT-GLUTEN, entrant par la gauche.

Garçon *! une tasse de chocolat!..

LUCIEN.

Bien, Monsieur! (Il entre dans le café.)

PAPAVERT.

Tiens! c'est monsieur de Saint-Gluten!..

SAINT-GLUTEN, à part.

Monsieur Papavert! quel ennui! (Haut, lui serrant la main.) Pardon, je suis très-pressé... un rendez-vous avec mon architecte... à deux heures précises... (Il tire sa montre et descend à gauche.)

PAPAVERT, à part, tirant son portefeuille.

Il est célibataire, il a un architecte!.. il rentre dans mon programme. (Allant vivement à Saint-Gluten, qui remonte pour entrer au café.) Mon cher monsieur de Saint-Gluten, voulez-vous me faire l'honneur...

* L. P.
** L. St-G. P.

SAINT-GLUTEN.

Qu'est-ce que c'est que ça?

PAPAVERT.

Une lettre d'invitation pour une petite soirée de famille... ma nièce Émérantine doit chanter...

SAINT-GLUTEN, à part.

Oye! oye! (Haut.) Merci... il m'est tout à fait impossible...

PAPAVERT.

Il y aura un souper...

SAINT-GLUTEN.

Ah!.. il y aura?.. avec plaisir! j'accepte! (Il entre dans le café.)

PAPAVERT, à part *.

Il n'y en aura pas... mais je lui dis ça pour l'amorcer! (Il s'assied à une table.)

LUCIEN, voyant arriver un habitué.

Ah! voici M. Arthur! (Un Monsieur arrivant de la droite, troisième plan, se dirige vers le café.)

PAPAVERT, à part.

Il est célibataire... il a des moustaches! il rentre dans mon programme!.. (Se levant et offrant un journal à Arthur.) Monsieur désire-t-il le Constitutionnel?

ARTHUR, grosse voix.

Non! les journaux m'embêtent! — Garçon! ma pipe! (Il entre dans le café ainsi que Lucien.)

PAPAVERT.

Il a l'air très comme il faut!.. Je vais lui offrir une lettre d'invitation! (Il entre dans le café à la suite d'Arthur.)

SCÈNE IV.

ALEXANDRA, puis SAINT-GLUTEN.

ALEXANDRA, au fond, à la cantonade.

A droite?.. en tournant?.. Merci, Monsieur. (Descendant la scène, elle regarde les numéros des maisons, et s'arrête en voyant le nº 7.) Il faut avouer que les maris sont parfois de grands paltoquets!.. je parle du mien!.. M. Prosper Faribol... un être très-fort sur le violon... Hier soir, nous dormions... côte à côte... (c'est mon mari!..) tout à coup je suis réveillée par une voix qui prononçait très-distinctement cette phrase : « Pichenette, rue Papillon, nº 7. » C'était la sienne !.. sapristi !!! je lance un coup de pied dans la couverture, il se réveille, et... je lui offre un verre d'eau sucrée... qu'il accepte... le vampire !.. Une heure après... même musique !.. « Pichenette!.. rue Papillon, nº 7. » (Avec rage.) Ah! je suis douce !.. je suis très-douce !.. mais qu'il ne me fasse pas de farces !.. Je passai le reste de la nuit à faire des rêves... mélangés d'arsenic !.. Ce matin, Monsieur me prévient qu'il ne

* P. St-G.

rentrera pas pour déjeuner, parce qu'il doit organiser une matinée musicale Cité-Valladon, n° 56... au Gros-Caillou... Je flaire une craque... je saute dans un omnibus, et j'arrive Cité-Valladon. — Où est le 56 ? pas de 56 !.. Savez-vous pourquoi ?.. Il n'y a que deux maisons Cité-Valladon !!! et encore, on est en train de démolir la première !.. La craque était patente ! alors, je ressaute dans un omnibus, je prends trois correspondances, et me voici ! rue Papillon, n° 7... (Indiquant la maison.) C'est donc là que demeure cette demoiselle Pichenette ! Ah ! nous allons rire !.. De deux choses l'une : ou mon mari est arrivé, et il faut qu'il sorte !.. ou il n'est pas arrivé, et il faut qu'il entre !.. Je me campe ici, en faction, comme un voltigeur de la garde !... (Se promenant devant la maison.) et nous allons rire !.. mon bel ami ! ah ! oui ! que nous allons rire !!! (Saint-Gluten est sorti du café et lorgne Alexandra *.)

SAINT-GLUTEN, à part.

Charmante ! charmante !

ALEXANDRA, à part.

Qu'est-ce qu'il a donc à me lorgner, celui-là ? (Elle continue sa promenade.)

SAINT-GLUTEN, à part, gaiement.

Quelle diable de promenade fait-elle donc là ?

ALEXANDRA, à part, se promenant toujours.

Ah çà ! il n'a donc rien à faire !.. il m'ennuie !

SAINT-GLUTEN.

J'ai envie de lui offrir mon bras. (Il s'avance et salue.) Madame !..

ALEXANDRA.

Passez votre chemin... je n'ai pas de monnaie ! (A part, sortant par le premier plan de droite.) Oh ! je ne m'éloigne pas ! (Elle disparaît un moment.)

SAINT-GLUTEN, à lui-même.

Tournure ravissante !.. Je suis fâché d'avoir rendez-vous avec mon architecte !.. (Il entre au n° 7.)

SCÈNE V.

LUCIEN, FARIBOL.

FARIBOL, arrive du fond à droite; il tient un parapluie et porte un homard sous son bras. — Il entre en riant.

Je ris !.. et j'ai des remords de rire !.. mais c'est égal... je ris !.. en pensant que ma femme me croit Cité-Valladon, 56... tandis que... (Il flaire son homard et fait la grimace.) Sapristi !.. (Reprenant.) tandis que je n'y suis pas du tout !.. J'aime beaucoup ma femme... oh ! Dieu ! je me jetterais dans le feu pour elle !.. mais j'ai bien de la peine à lui être fidèle... c'est difficile! c'est impossible !! (Flairant son homard.) Sapristi ! (Reprenant.) Dam! c'est

* St-G. A.

ennuyeux pour un musicien de jouer toujours la même contre-
danse... moi, j'aime la musique nouvelle !.. Dans ce moment
j'essaie de déchiffrer une petite romance du Conservatoire, qui
adore le homard. (Le flairant.) Sapristi !.. je crains d'avoir été mis
dedans... je l'ai pourtant acheté chez Chabel et Potot... une
maison de confiance !.. mais c'est un garçon très-enrhumé qui me
l'a vendu !.. il pique l'œil ! (Gaiement.) Bah ! avec beaucoup de
moutarde, Pichenette le trouvera très-frais ! (Apercevant le garçon.)
Ah ! Lucien... est-elle chez elle ?

LUCIEN.

Non, Monsieur... on est sorti.

FARIBOL.

Comment ! sorti ?

LUCIEN, lui donnant une clé.

Mais elle m'a laissé la clé... elle vous prie de l'attendre là-
haut.

VOIX DANS LE CAFÉ.

Garçon !

LUCIEN.

Voilà ! voilà ! (Il rentre.)

SCÈNE VI.

FARIBOL, ALEXANDRA *.

FARIBOL, seul.

En l'attendant, je vais préparer une forte sauce! (Il va pour
frapper à la maison.)

ALEXANDRA, reparaissant par le premier plan de droite; elle a baissé son voile
et ne voit pas Faribol.

Enfin ! il est parti ! (Elle reprend sa faction.)

FARIBOL, à part.

Mâtin ! le joli cou-de-pied!... j'ai bien envie d'attendre Pichenette ici. (S'approchant.) Madame...

ALEXANDRA, à part.

C'est lui ! oh! le gueux !

FARIBOL, faisant l'aimable.

Pardon, Madame... vous êtes égarée, je crois, dans ces pa-
rages inconnus et... assez malpropres...

ALEXANDRA, déguisant sa voix.

Oui, Monsieur... je cherche le théâtre de l'Odéon.

FARIBOL, à part.

Serait-ce une femme de lettres?... on dit qu'elles portent des
bas bleus... je voudrais bien voir ça! (Haut.) L'Odéon ! vous en
êtes bien loin... il y a un tas de petites rues... voulez-vous me
permettre de vous servir de pilote... jusqu'à ce mausolée de la
tragédie?

* L. F.
** A. F.

ALEXANDRA, déguisant sa voix.

Si je ne craignais d'être indiscrète...

FARIBOL.

Indiscrète!... avec cette tournure, cette distinction, ce cou de-pied. (A part.) Diable de voile!... elle est peut-être laide! (Haut.) Ce voile... qui me dérobe sans doute les traits les plus char-mants... si vous vouliez seulement en soulever un petit coin?...

ALEXANDRA.

Flatteur! (Elle lève tout à fait son voile.)

FARIBOL, stupéfait, à part.

Ma femme!!! oye! oye!

ALEXANDRA, croisant les bras et se campant devant lui.

Eh bien! Monsieur!

FARIBOL, avec aplomb.

Je t'avais reconnue!...

ALEXANDRA.

Ta, ta, ta!

FARIBOL.

Si! à ta robe bleue!... c'est moi qui te l'ai donnée... ta robe bleue!...

ALEXANDRA, apercevant le homard.

Qu'est-ce que c'est que ça?

FARIBOL.

C'est pour toi! (A part.) Oye! oye!

ALEXANDRA.

Vous savez bien que je n'aime pas le homard!

FARIBOL.

Comment!... tu n'aimes pas? (Voulant filer.) Je vais le reporter!

ALEXANDRA.

Un instant!... donnez! (Elle prend le homard et le pose sur une table du café.)

FARIBOL, à part.

Confisqué!... ma sauce est faite!

ALEXANDRA, sérieusement.

M. Faribol!...

FARIBOL, un peu intimidé.

Alexandra!

ALEXANDRA.

Causons un peu, s'il vous plaît!

FARIBOL.

Volontiers. (A part.) Pourvu que Pichenette ne revienne pas

ALEXANDRA.

Qu'est-ce que je vous ai dit le jour de notre mariage?

FARIBOL.

Dam!... tu m'as dit : Finissez, Monsieur!

ALEXANDRA.

Je ne ris pas! — Je vous ai fait asseoir, et j'ai pris la parole en ces termes! « Monsieur, nous sommes unis... nous venons de nous jurer mutuellement fidélité entre les mains d'un gros homme... pas beau...»

FARIBOL.

M. le maire...

ALEXANDRA, continuant.

« C'est très-bien... mais je n'entends pas que ce serment soit une balançoire!... »

FARIBOL.

Ni moi non plus! t'ai-je répondu avec la passon... qui convenait à la circonstance!...

ALEXANDRA.

Je suis née à Bastia... dans l'île de Corse...

FARIBOL.

Le sang y est superbe...

ALEXANDRA.

C'est possible... mais les femmes y ont des idées très-carrées sur les droits et les devoirs respectifs des époux...

FARIBOL, à part.

Pourvu que Pichenette ne revienne pas!

ALEXANDRA, continuant.

Il y a des hommes qui considèrent leurs femmes comme de petites machines à raccommoder les chaussettes!...

FARIBOL, jouant l'indignation.

Oh!... les monstres!...

ALEXANDRA.

Ils les prennent, les quittent, les trompent...

FARIBOL.

Que veux-tu?... ce sont des natures volcaniques... portées à la faridondaine!

ALEXANDRA.

Eh bien! et nous?... Volcaniques!... est-ce que vous croyez que nous sommes bâties en mastic ou en carton-pâte? — Je demande les mêmes droits pour la femme... le droit à la faridondaine!

FARIBOL, riant.

Ah! ah! ce serait du joli!

ALEXANDRA.

Et pourquoi pas?

FARIBOL.

Parce que les conséquences!... les conséquences ne sont pas les mêmes...

ALEXANDRA, impétueusement.

Je ne donne pas dans cette rengaîne!... le mariage est une voiture... une charrette, si vous voulez!... c'est à vous de réfléchir avant de vous y atteler... mais quand on y est... on y est!... et si l'un des deux quitte le brancard, je soutiens que l'autre serait bien bête de ne pas dételer et jeter son bonnet par-dessus les moulins!... voilà ma théorie!

FARIBOL.

Elle est Corse... c'est une théorie Corse!...

ALEXANDRA.

Œil pour œil! dent pour dent! coup de canif pour coup de canif!... est-ce convenu?...

FARIBOL.

Sans doute!... sans doute!...

ALEXANDRA, lui tendant la main.

Alors, touche là!...

FARIBOL.

Mais, c'est que...

ALEXANDRA.

Tu hésites?... prends garde... je vais croire que tu me trompes.

FARIBOL.

Moi! par exemple!... Tiens! je tope!... je tope... des deux mains! (Il lui tape dans la main; à part.) Pourvu que Pichenette ne revienne pas!...

ALEXANDRA.

Foi d'honnête femme, je ne commencerai pas!...

FARIBOL.

Je l'espère bien!...

ALEXANDRA.

Mais... si jamais je te pince!... tu peux être sûr de ton affaire!...

FARIBOL, à part.

Oui, mais tu ne me pinceras pas!

ALEXANDRA.

Où vas-tu maintenant?... reconduis-moi.

FARIBOL, feignant la plus grande contrariété.

Impossible!... impossible!... l'heure de mon imbécile de concert approche...

ALEXANDRA.

Ah!... cité Valladon?...

FARIBOL.

Numéro 56... une maison superbe!

ALEXANDRA, à part.

Et il n'est pas permis de les étrangler!...

FARIBOL, tendrement.

Alexandra!... quand donc pourrons-nous passer une soirée à côté l'un de l'autre... au coin du feu!...

ALEXANDRA, de même.

Oh! oui!... le coin du feu!... (A part.) Au moins on a les pincettes! (Elle va prendre son homard.)

ENSEMBLE.

Air : *Tu t'en vas* (Maçon).

FARIBOL.

Adieu donc!

ALEXANDRA.

Adieu donc!

FARIBOL.

Ma biche!

ALEXANDRA.

Mon bichon!

Je vais à la maison!

FARIBOL.

Moi, cité Valladon.

(Faribol et Alexandra se séparent et s'éloignent des deux côtés opposés.)

FARIBOL, se retournant et lui envoyant un baiser.

Adieu!

ALEXANDRA, même jeu.

Adieu! (A part, en sortant à gauche.) Le galopin!...

FARIBOL, à part.

Elle est parfaitement tranquille!... (En sortant à droite, troisième plan, il se heurte contre Léopardin.) Prenez donc garde, imbécile!... (Il disparaît.)

SCÈNE VII.

LÉOPARDIN, puis LUCIEN, puis FARIBOL.

LÉOPARDIN, à la cantonade, son mouchoir à la joue.

Imbécile vous-même!... (Descendant.) C'est encore moi... ça m'a repris! Garçon!

LUCIEN, accourant.

Monsieur *?

LÉOPARDIN.

Ça m'a repris!

LUCIEN, avec humeur.

Eh bien! qu'est-ce que ça me fait? (Il s'assied à la table du troisième plan.)

LÉOPARDIN.

Oh!... là! là!... décidément je vais me la faire arracher... parce que quand on souffre... (Il met la main sur la porte du n° 7 et s'arrête.) Tiens!... ça se passe!... oh! non... non... ça me reprend! (Héroïquement.) Soyons homme!... (Il entre dans la maison.)

FARIBOL, rentrant vivement par la rue du premier plan de droite.

Je viens de la voir tourner la rue!... elle ne se doute de rien... donc il n'y a rien!... c'est logique, ça! (Il danse en fredonnant.)

La farira dondaine,
Gué!
La farira dondé!

AIR nouveau de *Mangeant.*

Ma femme sait-elle,
Qu'époux infidèle,

* Lu. Lé.

Je lui fais des traits ?
Non ? — Son ignorance
Alors me dispense
D'avoir des regrets !

Si j'ignor' que j'ai la migraine,
C'est comme si je n' l'avais pas !
Elle ignor' ma faridondaine,
Donc je ne faridondain' pas !
Et si le r'mords m'emboît' le pas
Pour l' dépister j' lui dis tout bas :

Ma femme sait-elle,
Qu'époux infidèle,
Je lui fais des traits ?
Non ? — Son ignorance
Alors me dispense
D'avoir des regrets.

Voilà ma théorie à moi !... seulement, je suis fâché qu'elle ait emporté mon homard... par quoi pourrais-je bien le remplacer ?... ah ! Lucien *! (Lucien se lève.) deux glaces... non ! deux demi-glaces !... je lui dirai qu'elles ont fondu... Tu les monteras là-haut !...

LUCIEN.

Bien, Monsieur.

FARIBOL.

Est-on rentré ?

LUCIEN.

Pas encore !

FARIBOL, vexé.

Ah !... Alors ne monte rien. (A part.) Je les remplacerai par une scène ! (Il entre dans la maison au moment où Alexandra paraît au fond, à gauche.)

SCÈNE VIII.

ALEXANDRA, LUCIEN ; puis PAPAVERT.

ALEXANDRA, le homard sous le bras et très-agitée, s'arrêtant au fond.

Il vient d'entrer !... (Descendant la scène.) Ah ! le brigand !... Il faut que je le fasse descendre ! (Appelant.) Garçon !

LUCIEN, s'approchant **.

Madame ?

ALEXANDRA, fouillant à sa poche, — A part.

Allons !... j'ai oublié ma bourse !... c'est égal !... (Arrachant une patte du homard et la lui donnant.) Tenez !... voilà pour vous !...

LUCIEN, ébahi.

Une patte de homard ?

* L. F.
   L. A.

ALEXANDRA.

Allez me chercher dans cette maison... le Monsieur qui vient de monter *.

LUCIEN.

Oui, Madame...

ALEXANDRA.

Vous lui direz que sa... que quelqu'un le demande.

LUCIEN.

Bien, Madame... (A part.) Mais pourquoi une patte de homard? (Il la met dans sa poche et entre dans la maison.)

LEXANDRA se dirige vers le café et s'asseoit à une table sur le devant; un journal se trouve sous sa main, elle le déchire avec rage.)

Le scélérat!... mais cette fois... oh! cette fois! je le tiens!...
(Elle continue à déchirer le journal.)

PAPAVERT, sortant du café **.

Où est donc le journal?... (A Alexandra.) Madame, après vous le *Constitutionnel*... s'il en reste!

ALEXANDRA.

J'ai fini! (Elle lui jette les morceaux dans son chapeau.)

PAPAVERT.

Mille remerciements! (A part, rentrant dans le café.) Elle est nerveuse, cette dame.

SCÈNE IX.

ALEXANDRA, LUCIEN, LÉOPARDIN.

LÉOPARDIN, sortant de la maison.

C'est fait!... je l'ai dans ma poche!...

LUCIEN, qui est sorti de la maison avec Léopardin, le montrant
à Alexandra.

Voici ce Monsieur...

ALEXANDRA, s'élance au milieu du théâtre, tenant son homard sous
son bras.

Ah! (Elle se trouve en face de Léopardin qui tient son mouchoir sur sa
bouche ***.)

ALEXANDRA.

Ce n'est pas lui!

LÉOPARDIN.

Madame m'a fait l'honneur...

ALEXANDRA.

Quoi?... qu'est-ce que vous me voulez?

LÉOPARDIN.

Moi? rien!

ALEXANDRA, à Lucien.

Garçon!... ce n'est pas celui-là; faites-moi le plaisir de re-

* A. L.
** A. P.
*** A. Lé. L. huitième plan.

monter. (Lui donnant une deuxième patte de homard.) Tenez, pour vous!

LUCIEN, stupéfait.

Encore une patte! (Il la met dans sa poche et entre.)

LÉOPARDIN, à Alexandra[*].

Figurez-vous, Madame, que je ne pouvais plus mâcher... et ça m'a donné une gastrite... car j'ai une gastrite!

ALEXANDRA.

Allez vous promener, vous et votre gastrite!

LÉOPARDIN, digne.

Je m'en vais, Madame, je m'en vais!... si c'est pour ça que vous m'avez fait l'honneur de me demander... (A part, en sortant.) Elle est bourrue cette dame. (Il sort par le fond à gauche.)

SCÈNE X.

ALEXANDRA, LUCIEN, puis SAINT-GLUTEN.

ALEXANDRA, se promène avec agitation en plumant toutes les petites pattes du homard.

Oh!... oh!!... oh!!!... je ne suis pourtant pas une femme à nerfs... mais en ce moment!...

LUCIEN, rentrant[**].

Madame, ce Monsieur descend...

ALEXANDRA.

Bien!... (Lui donnant le homard.) Prenez ça!... j'ai besoin de mes ongles! de tous mes ongles!

LUCIEN, flairant le homard.

Dimanche prochain, j'en ferai cadeau à Célestine! (Il entre dans le café — Saint-Gluten sort de la maison[***].)

ALEXANDRA, lui sautant à la gorge.

Monstre!...

SAINT-GLUTEN.

Aïe[****]!

ALEXANDRA.

Ce n'est pas lui!

SAINT-GLUTEN, à part.

La petite dame de tantôt! (Haut, avec empressement.) Madame, en quoi puis-je vous être utile? Disposez de moi...

ALEXANDRA.

Pardon, Monsieur... c'est une erreur.

SAINT-GLUTEN.

Vous attendez quelqu'un?

ALEXANDRA, très-agitée et se parlant à elle-même.

Oui... quelqu'un qui ne vient pas... Monsieur Faribol... mon mari .. un animal!

* Lé. A.
** L. A.
*** A. St-G.
*** St-G. A.

SAINT-GLUTEN.

Ils sont tous les mêmes ! Si mon bras pouvait remplacer...
(Il lui offre son bras *.)

ALEXANDRA, lui tournant le dos.

Je ne vous connais pas ! je ne vous parle pas ! (Elle marche.)

SAINT-GLUTEN, à part.

Si elle croit que je vais la lâcher ! (Courant après elle.) Madame...

ALEXANDRA, à elle-même.

Soyez donc fidèle !... pour qu'on vous outrage ! pour qu'on
vous trompe !

SAINT-GLUTEN.

Vous tromper ! vous !

ALEXANDRA.

C'est odieux, n'est-ce pas ?

SAINT-GLUTEN.

C'est ignoble !... cela crie vengeance ! acceptez donc mon bras ?

ALEXANDRA, se parlant.

Oh ! oui ! je me vengerai ! et ce ne sera pas long !...

SAINT-GLUTEN.

Si Madame veut m'accorder la préférence ?

ALEXANDRA, le regardant.

Vous !

SAINT-GLUTEN, avec un sourire.

Dam !

ALEXANDRA, d'un ton résolu.

On ne sait pas ! (Regardant la maison.) Voyez !... voyez s'il viendra **. (Se plantant au milieu du théâtre.) Mais je passerais plutôt la
nuit là.

SAINT-GLUTEN.

Moi aussi !... Diable ! il pleut ! (Ouvrant son parapluie.) Madame,
voulez-vous accepter ? Où demeurez-vous ?...

ALEXANDRA.

Mais laissez-moi donc tranquille !... vous êtes toujours dans
mes jambes comme un carlin ! (Elle se dirige vers le café.)

SAINT-GLUTEN, à part.

Oh ! je ne la quitte pas !

ALEXANDRA, s'asseyant à la table du devant.

Je m'installe ici... et nous allons voir ! (Frappant sur la table.)
Garçon ! du punch !

SAINT-GLUTEN, s'asseyant en face d'elle ***.

Garçon ! du punch !

ALEXANDRA, prenant un journal et le déchirant en petits morceaux.

Oh ! oh ! oh !...

SAINT-GLUTEN, prenant un autre journal et le déchirant aussi.

Oh ! oui !... oh ! oui !... oh ! oui !

* A. St-G.
** St-G. A.
*** St G. A.

LUCIEN, apportant le punch.

Voilà le punch! (Apercevant Alexandra qui déchire le journal *.) Pardon, Madame... *la Patrie* est demandée.

ALEXANDRA, avec colère.

Je n'ai pas fini!!!

SAINT-GLUTEN, au garçon, avec colère.

Elle est en main!!! (Gracieusement, prenant la cuiller.) Madame, permettez-moi de vous offrir...

ALEXANDRA.

C'est encore vous!

SAINT-GLUTEN, avec passion.

Toujours! toujours!...

VOIX DE FARIBOL, dans la maison.

Cordon, s'il vous plaît!

ALEXANDRA, à part.

Ah! cette fois c'est bien lui! (se levant.) Garçon! combien vous dois-je?

SAINT-GLUTEN, se levant vivement.

Jamais!... je ne souffrirai pas! Garçon! ne recevez pas! (Il entre dans le café pour payer en faisant passer Lucien devant lui.)

SCÈNE XI.

ALEXANDRA, FARIBOL **.

FARIBOL; il sort de la maison et ouvre son parapluie. — A part.

Décidément Pichenette me fait poser!... (Foudroyé en apercevant sa femme.) Ma femme!!!

ALEXANDRA, qui s'est placée devant lui, et avec le plus grand sang-froid.

Eh bien!... te voilà pris! (Faribol reste muet. — Alexandra reprend :) Tu sais ce que je t'ai dit tout à l'heure... œil pour œil! dent pour dent...

FARIBOL, balbutiant.

Mais je te jure...

ALEXANDRA, éclatant.

Ne me parle pas!... et... donnez-moi ce parapluie!!! (Elle le prend et sort vivement à gauche.)

SCÈNE XII.

FARIBOL, SAINT-GLUTEN, puis PAPAVERT ET LES HABITUÉS; LUCIEN.

FARIBOL, la suivant.

Alexandra!... Alexandra!... (Il tombe anéanti sur une borne au fond.) Pincé!!!

* St-G. A. L.
** A. F.

SAINT-GLUTEN, sortant vivement du café *.

Madame?... (Ne la voyant plus.) Partie!... et je n'ai pas son adresse!

FARIBOL, à lui-même.

Pauvre Faribol!...

SAINT-GLUTEN, à part, vivement.

Faribol!... Le mari!... parbleu! il va me la donner... son adresse.... (Allant à lui avec empressement et affectant la plus vive compassion.) Vous êtes malade, Monsieur?... blessé peut-être?... acceptez mon bras... où demeurez-vous? (Ils descendent la scène, Saint-Gluten soutenant Faribol.)

FARIBOL.

Merci... un étourdissement!

SAINT-GLUTEN, vivement.

Un étourdissement! c'est très-grave! (Criant.) Garçon!... garçon!... du secours!

FARIBOL,

Non! c'est inutile!

PAPAVERT, ET LES HABITUÉS DU CAFÉ, entrant.

CHŒUR.

Air : *Ah! vraiment, c'est affreux!* (Chapeau de paille, acte 2.)

> On appelle! pourquoi
> Ce bruit, ces cris d'effroi?
> Nous voici, dites-nous,
> Pourquoi criez-vous?
> (On assied Faribol sur une chaise au milieu **.)

SAINT-GLUTEN.

Monsieur qui vient d'être pris d'un coup de sang!... (Appelant.) Garçon!... vite un verre d'eau!

PAPAVERT.

J'ai ma lancette... je vais le saigner.

FARIBOL, se levant vivement.

Par exemple! (Lucien apporte le verre d'eau, le remet à Saint-Gluten, et rentre au café.)

PAPAVERT, reconnaissant Faribol.

Tiens!... mon chef d'orchestre...

SAINT-GLUTEN, offrant le verre à Faribol.

Tenez, buvez! buvez!

FARIBOL, prenant le verre machinalement.

Mais... à qui dois-je?...

SAINT-GLUTEN, se nommant

Le comte de Saint-Gluten!

FARIBOL, saluant.

Monsieur... (A part.) Il est très-obligeant ce jeune homme... (Il porte le verre à ses lèvres, puis se dégageant tout à coup et poussant un cri.) Ah!... (Il lance au hasard le contenu du verre sur Papavert et les habitués.)

* F. St-G.
** P. F. St-G.

TOUS.

Quoi donc? (Ils s'essuient.)

FARIBOL, à lui-même.

Pendant que je bois de l'eau sucrée... que fait ma femme?...
si elle allait commencer les hostilités!... (Remontant vivement et appelant à la cantonade.) Cocher!... cocher!... (Il disparaît à gauche.)

SAINT-GLUTEN, courant après lui.

Monsieur!... Monsieur!...

LES HABITUÉS, même jeu.

Monsieur!... Monsieur!...

FARIBOL, criant dans la coulisse.

Cocher!... 33, rue Saint-Lazare... dépêche-toi! (Les habitués
et Papavert disparaissent à sa suite.)

SAINT-GLUTEN, seul, s'arrêtant.

33, rue Saint-Lazare!... (A part, descendant.) Avant huit jours
nous serons inséparables... les deux doigts de la main! (Il simule
deux cornes avec ses doigts, et sort vivement à la suite des autres.)

LUCIEN, sortant du café avec le panier aux billes.

Messieurs, Messieurs... les numéros pour la poule!... Tiens!...
personne!... (Remontant.) Ah! les voilà!... (Criant.) La poule!... la
poule!.. (Il disparaît à gauche. — Le rideau tombe.)

Acte deuxième.

Une salle à manger. —Trois portes au fond. — Celle du milieu sert aux
entrées du dehors. — A gauche, deux portes, entre lesquelles est
un petit meuble surmonté d'une glace ronde.—La première de ces
portes est celle de la chambre à coucher; la deuxième conduit à
la cuisine et à un escalier de service. — A droite, troisième plan,
porte d'un cabinet. — Un cartel au deuxième plan. — Au premier
plan, une fenêtre donnant sur la cour de la maison. — Un peu en
avant de la fenêtre, un petit guéridon, avec une corbeille à ouvrage. —Un fauteuil près du guéridon.—Chaises. — Au lever du
rideau, le couvert est mis sur une petite table ronde, à gauche,
sur le devant.—Deux bougies allumées sur le meuble de gauche.

SCÈNE PREMIÈRE.

FRANÇOISE, puis ALEXANDRA.

FRANÇOISE, seule, allant à la fenêtre qui est ouverte.

Dites donc, les maçons!... si vous vouliez faire moins de
bruit dans la cour!... hein? (Se reculant.) Par exemple! il me propose une chopine si je veux l'embrasser! (Fermant la fenêtre.) Je
vais toujours fermer la fenêtre... parce qu'avec leur grande
échelle... les maçons, c'est entrepreneur!... (Regardant la pendule.)
Sept heures et demie... M. et madame Faribol ne rentrent pas...

Ce matin, Madame est sortie pour prendre l'omnibus... je ne sais pas ce qu'elle avait... elle est partie comme un coup de vent!... en fermant les portes... pif!... paf!... pan!... (Alexandra entre par le fond et referme la porte avec violence *.)

FRANÇOISE, sursautant.

Ah! mon Dieu!

ALEXANDRA, très-agitée.

Françoise!

FRANÇOISE.

Madame?

ALEXANDRA.

Débarrasse-moi de ce parapluie!... (Elle le lui donne. Alexandra ôte son chapeau et son châle et les jette à la volée, avec rage, sur un fauteuil, au fond.)

FRANÇOISE, à part.

Qu'est-ce qu'elle a donc?... (Haut.) Madame, faut-il servir?

ALEXANDRA.

Je n'ai pas faim!

FRANÇOISE.

Je n'ai pas pu trouver d'aloyau... alors j'ai pris un morceau de veau!...

ALEXANDRA, à part.

Du veau!... tant mieux! Faribol le déteste!

FRANÇOISE.

Nous avons aussi une crème au chocolat... Monsieur aime bien ça!

ALEXANDRA.

Tu y fourreras de la moutarde!...

FRANÇOISE, étonnée.

Comment!

ALEXANDRA.

Un pot! deux pots! dix pots de moutarde!... va, fais ce que je te dis...

FRANÇOISE, entrant à gauche, troisième plan. — A part.

Qu'est-ce qu'elle a donc?...

SCÈNE II.

ALEXANDRA, puis FARIBOL, puis FRANÇOISE.

ALEXANDRA, seule.

Oh! le gueux!... le paltoquet!... le chenapan!... il se souviendra de la rue Papillon, n° 7... Et cette Pichenette?... qu'est-ce qu'elle est?... qu'est-ce qu'elle fait?... oh! je le saurai!... il faut qu'il me le dise... (On frappe doucement à la porte du fond.) On frappe!... (Faribol entr'ouvre la porte et se glisse timidement dans la salle à manger... il tient à la main un énorme bouquet **.)

* A. F.
** F. A.

ALEXANDRA.

C'est lui !

FARIBOL., à part et très-piteux.

Mon Dieu !... que c'est donc bête de se laisser pincer comme ça !...

ALEXANDRA, à part, sans se retourner.

e me tiens à quatre pour ne pas sauter sur les pincettes !...

FARIBOL, à part, au fond, toussant doucement pour se faire remarquer.

Hum !... hum !... (Alexandra ne bouge pas.) C'est moi... bonjour, bonjour, chère amie !... tu rentres de ta petite promenade ?...

ALEXANDRA, se contenant.

Oui !... de ma... petite promenade...

FARIBOL, très-gêné.

Moi aussi... je rentre... et en rentrant... comme tu aimes les fleurs... (Lui présentant son bouquet.) Veux-tu permettre ?...

ALEXANDRA, prend le bouquet, l'examine un moment et le jette par-dessus son épaule.

Merci !

FARIBOL.

Il n'y a pas de quoi ! (Tirant de sa poche un petit paquet enveloppé.) Je t'ai aussi acheté un baba... tu aimes le baba ?...

ALEXANDRA, le prend et le jette par-dessus son épaule.

Merci !

FARIBOL, à part.

Sapristi ! (Haut.) Je t'ai encore acheté une montre en or... mais je te la donnerai dans un autre moment !

FRANÇOISE, entrant avec une soupière.

Voilà le potage. (Elle le pose sur la table.) M. de Saint-Gluten vient d'envoyer chercher des nouvelles de Monsieur.

FARIBOL.

C'est bien, merci... (Françoise sort.) Ce Monsieur qui m'a offert un verre d'eau sucrée... il est très-obligeant... Allons ! à table ! (Il s'y place.) J'ai juste une heure à passer avec toi avant d'aller conduire le bal de M. Papavert... Si tu veux prendre place ?...

ALEXANDRA.

Je ne dîne pas !...

FARIBOL, se levant ; il a sa serviette à la boutonnière de son habit.

Voyons ! Alexandra !... ma petite Alexandra. (Il cherche à lui prendre la taille.)

ALEXANDRA, le repoussant et avec éclat.

N'approchez pas ! vous sentez la grisette !

FARIBOL.

Moi ?... oh ! tiens ! tu me crois coupable !... Je parie que tu me crois coupable ?...

ALEXANDRA.

Est-ce que vous auriez le front de me faire des histoires ?...

FARIBOL.

Non !... je vais être franc !... je n'ai rien à cacher... Cette maison de la rue Papillon... je sortais de chez un de mes élèves... un nommé...

ALEXANDRA, l'interrompant brusquement.

M. Pichenette ?..

FARIBOL, à part.

Oye ! oye !.. (Haut.) Pichenette ?.. c'est sa mère!.. la mère Pichenette... une pauvre petite vieille ratatinée... avec des lunettes vertes... qui branle la tête... elle est toujours de là... (Il branle la tête.)

ALEXANDRA.

Bien sûr ?

FARIBOL.

Veux-tu que je te le jure ?

ALEXANDRA.

C'est inutile !.. (Elle va prendre vivement son châle et son chapeau, et revient à Faribol *.) Nous allons y aller ! (Elle remonte pour sortir.)

FARIBOL., à part.

Oye ! oye ! (Haut.) Impossible ce soir... (Discrètement.) Elle a pris médecine, cette pauvre vieille !!

ALEXANDRA.

Ah çà ! vous croyez donc avoir épousé une petite grue ?..

FARIBOL.

Comment ? Tu ne me crois pas ? Mais qu'est-ce que tu veux que je te dise ?

ALEXANDRA.

Une seule chose aurait pu me désarmer... peut-être !

FARIBOL., vivement.

Laquelle ?

ALEXANDRA.

Un aveu franc et complet de vos torts... Mais vous ne l'avez pas voulu !.. (Elle se dirige vers sa chambre.)

FARIBOL, alarmé, la suivant.

Eh bien! si!.. ne t'en va pas !.. je vais tout te dire... mais tu me pardonneras ?..

ALEXANDRA, redescendant, et d'un ton bref.

Marchez ! (Elle reste immobile, face au public, et sans regarder Faribol, pendant tout ce qui suit.)

FARIBOL, avec effort.

Oui !.. D'abord, je n'ai jamais cessé de t'aimer... et si j'ai fait la connaissance de cette...

ALEXANDRA, impatientée.

Allez donc !

FARIBOL.

Oui !.. c'est bien pénible, va !.. si tu savais comme c'est pénible!.. c'est mon expiation... mais tu me pardonneras?.. bien vrai?.

ALEXANDRA.

Ne bavardons pas !..

* A. F.

FARIBOL.

Oui !.. D'abord, je n'ai jamais cessé de t'aimer !.. et si j'ai
fait la connaissance de cette jeune personne...

ALEXANDRA, se contenant.

Ah !.. elle est jeune !

FARIBOL.

Oh ! c'est-à-dire... mais très-grêlée !.. J'ai été attiré vers
elle... par son air candide... elle est attachée au Conservatoire...
Ainsi !..

ALEXANDRA.

Après ?

FARIBOL.

Elle me demanda des leçons de musique... oh ! la musique...
Le premier mois, nous n'avons fait que des gammes... ma parole d'honneur ! nous n'avons fait que des gammes ! Car je n'ai
jamais cessé de t'aimer !..

ALEXANDRA.

Après ?..

FARIBOL, de plus en plus contraint.

Le second mois... elle me donna de ses cheveux... (Tirant une
longue tresse de sa poche.) Tiens !.. les voilà !.. (Alexandra les prend et
les jette par-dessus son épaule. — A part.) C'est nerveux !..

ALEXANDRA.

Après ?..

FARIBOL, baissant la voix et avec effort.

Le troisième mois... le troisième mois...

ALEXANDRA.

Est-ce pour aujourd'hui ?..

FARIBOL, se laissant tomber à ses genoux, et avec un sanglot comique.

Alexandra !.. je suis un grand coupable !..

ALEXANDRA, avec triomphe.

Ah !.. très-bien !.. voilà ce que je voulais entendre... de votre
propre bouche !

FARIBOL, se relevant.

Et maintenant, tu me pardonnes ?..

ALEXANDRA, avec éclat.

Ah ! par exemple !.. jamais !!!

FARIBOL, abasourdi.

Ah bah !.. et moi qui... (A part.) Oh ! quelle boulette !.. (Haut.)
Comment ! tu persistes à vouloir te venger ?..

ALEXANDRA, remontant.

Une honnête femme n'a que sa parole !

FARIBOL.

Alexandra !..

ALEXANDRA.

Il n'y a plus rien de commun entre nous !.. (Elle entre dans sa
chambre en fredonnant avec rage :)

Avait pris femme
Le sir de Framboisy...

SCÈNE III.

FARIBOL, puis FRANÇOISE, puis LÉOPARDIN.

FARIBOL, seul.

Framboisy !.. Est-ce que ce serait sérieux ?..

FRANÇOISE, entrant de la cuisine, et posant un plat sur le buffet.

Voilà la crème !.. (A part.) J'en ai mis cinq pots à l'estragon.
(Elle ramasse la mèche de cheveux, et la pose à droite sur le guéridon.)

FARIBOL..

La crème !.. la crème !.. on ne dîne pas !.. Emporte ça !

FRANÇOISE.

Comment, Monsieur, on ne dîne pas ?..

FARIBOL.

Je te dis d'emporter !.. va donc !.. (Françoise emporte la table et
sort. — A lui-même.) Non ! c'est impossible ! Alexandra est Corse..
mais honnête !.. (Par réflexion.) Oui ! mais... si elle allait être
plus Corse qu'honnête !.. Sapristi ! il faut que je la raisonne. (Il
ouvre la porte pour entrer dans la chambre et reçoit un soufflet.) Ah !..

LÉOPARDIN, paraissant à la porte du fond, et voyant Faribol recevoir le
soufflet *.)

Oh !.. pardon ! vous êtes occupé ?..

FARIBOL, avec humeur.

Qu'est-ce que vous demandez ?

LÉOPARDIN.

Monsieur Faribol, s'il vous plaît ?

FARIBOL..

C'est moi : je n'y suis pas !

LÉOPARDIN, donnant son nom.

Léopardin jeune... je suis la flûte que vous avez demandée.

FARIBOL.

Ah ! très-bien !.. plus tard !.. Bonjour, j'ai affaire...

LÉOPARDIN.

Je suppose que Monsieur désire m'entendre... je vais lui jouer
un petit air. (Il porte la flûte à sa bouche et en tire un son.)

FARIBOL.

Ça suffit... je vous arrête.. sept francs par soirée... revenez à
huit heures, j'ai un bal à conduire..

* F. L.

2

SCÈNE IV.

FARIBOL, LÉOPARDIN, FRANÇOISE, puis PAPAVERT.

(Françoise sort de la chambre d'Alexandra, en traînant un matelas. — Elle porte en outre un oreiller et un traversin. — La porte reste ouverte derrière elle; elle est ferrée en dedans.)

FRANÇOISE, entrant.

Oui, oui, Madame *...

FARIBOL, apercevant Françoise traînant son matelas.

Qu'est-ce que c'est que ça?

FRANÇOISE.

C'est votre lit que madame vous envoie...

FARIBOL.

Comment? mon lit! (A ce moment un paquet de hardes lancé de la chambre, tombe sur Léopardin.)

LÉOPARDIN, poussant un cri.

Aïe!.. (Il gagne la droite.)

FARIBOL, recevant un bonnet à poil.

Aïe **!..

PAPAVERT, qui est entré, recevant une tunique de garde national ***.

Sacrebleu! (Le choc le fait trébucher et tomber sur le matelas. — La porte d'Alexandra vomit une grêle de pantalons, pantoufles, redingotes, robes de chambre, bas, chaussettes, chemises et gilets de flanelle. En un instant, la scène en est encombrée, et Papavert se trouve englouti. — Ce jeu de scène a lieu pendant l'ensemble suivant.

FARIBOL, LÉOPARDIN ET PAPAVERT.

Aïe!.. Aïe!..

Air de *Jérusalem.*

Finissez, finissez, Madame!
Arrêtez! arrêtez, morbleu!
Sur mon âme,
C'est infâme!
C'est assez, finissez ce jeu!

LÉOPARDIN, reconnaissant Papavert.

Tiens! mon médecin!

FARIBOL, s'élançant vers la porte.

Madame!.. Madame!.. (La porte se ferme sur son nez; une grande pancarte est accrochée dessus avec ces mots : LE PUBLIC N'ENTRE PAS ICI. (Lisant.) Le public n'entre pas ici!

PAPAVERT, qui s'est relevé.

Je venais vous chercher pour mon bal!..

* L. Fr. Far.
** F. au fond. Far. L.
*** P. F. L.

FARIBOL.

Oh ! c'est trop fort !.. m'expulser de la chambre conjugale !..
Elle n'en a pas le droit !..

LÉOPARDIN, à Papavert,

Il y a un nuage dans le ménage...

FARIBOL.

Oh ! quel désordre !.. ma tunique !.. Elle ne respecte rien ! (Il
ramasse plusieurs objets.)

PAPAVERT, à Faribol.

Ah çà !.. je viens vous chercher pour mon bal.

FARIBOL, lui mettant dans les bras une botte de pantalons et un oreiller.

Oui !.. donnez-moi un coup de main.

PAPAVERT.

Oh ! mais non !

FARIBOL.

Portez ça dans mon cabinet... (Il ramasse d'autres objets.)

PAPAVERT, chargé.

C'est que mon bal... je ne suis pas venu pour ça.

LÉOPARDIN, à Papavert, le suivant *.

Vous savez bien, ma dent... je ne l'ai plus.

PAPAVERT.

Je me fiche pas mal de votre dent ! (Il entre dans la chambre
d'Alexandra... Bruit d'un soufflet.) Aïe !.. (Il ressort.)

FARIBOL.

Pas par là !

LÉOPARDIN, le poussant vers Faribol.

On vous dit : Le public n'entre pas...

FARIBOL, lui indiquant le cabinet de droite.

Par ici !

**PAPAVERT, avec humeur, et mettant les vêtements dont il est chargé sur les
bras de Léopardin.**

Je ne suis pas venu pour ça !.. Je m'en vais ! Dépêchez-vous !
nous vous attendons pour danser ! (Il sort par le fond.)

FARIBOL, qui a ramassé plusieurs vêtements.

Vous, Léopardin... portez tout ça dans le cabinet, vous re-
viendrez prendre le matelas, la couverture... et le bonnet à
poil !

LÉOPARDIN.

Mais c'est que**...

FARIBOL.

Puisque je vous paie !

LÉOPARDIN.

Pour jouer de la flûte !

LÉOPARDIN.

Puisque vous n'en jouez pas !.. (Il lui plante le bonnet à poil sur la
tête ***.

* P. L. F.
** L. F.
*** F. L.

LÉOPARDIN, qui allait vers le cabinet de droite, revenant vers Faribol qui tient aussi une brassée de vêtements.

A propos, je dois vous prévenir qu'il y a une note que je ne donne jamais... mon médecin me l'a défendu.

FARIBOL.

Ah! bah!.. laquelle?..

LÉOPARDIN.

Le *la* de la troisième octave... cette note m'épuise.

FARIBOL.

Qu'est-ce que vous en faites?..

LÉOPARDIN.

Je l'escamote... je prends un temps!... Il faut vous dire que j'ai une gastrite, moi!

FARIBOL, le poussant vers le cabinet.

C'est bien! allez donc! (Après que Léopardin est entré dans le cabinet, il y lance les objets dont il est chargé, puis ramassant le matelas et le traversin.) Quel désordre! quel boulvari!

AIR : *Un homme.*

J'en ai vraiment l'esprit troublé,
Rien ne m'est plus antipathique ;
Moi, musicien, qui suis réglé
Comme un vrai papier de musique :
Chez moi, le croiriez-vous jamais,
La femme qui fait ce ravage,
Je l'avais prise tout exprès
Pour ranger mon petit ménage.

Jusqu'à présent, j'ai employé la douceur, mais nous allons voir!... je veux qu'elle me demande pardon...

SCÈNE V.

FARIBOL, ALEXANDRA, puis FRANÇOISE, puis LÉOPARDIN *.

(Alexandra sort de sa chambre; elle est en grande toilette et tient un bonnet de coton par la mèche.)

FARIBOL.

Ah! c'est vous, Madame!

ALEXANDRA, majestueuse et calme.

Pour que tout lien soit rompu entre nous, je vous rapporte ce dernier symbole d'une familiarité... grotesque! (Elle lui jette le bonnet de coton avec mépris.)

FARIBOL.

Respectez mon bonnet de nuit, Madame! Il pourrait être le père de vos enfants!

FRANÇOISE, entrant par le fond **.

Monsieur!

* A. F.
** A. Fr. Far.

FARIBOL., lui posant sur le bras le matelas et le traversin.

Quoi?

FRANÇOISE.

C'est M. de Saint-Gluten qui renvoie chercher de vos nouvelles.

FARIBOL.

Encore?... ça va très-bien! merci! (A part, agacé.) Il est obligeant, mais très-ennuyeux!...

FRANÇOISE.

Madame, j'ai porté les lettres à l'étude... ils viendront tous!

FARIBOL.

Hein?

ALEXANDRA, bas.

Parfait! tu feras du punch! (Françoise sort à droite.)

FARIBOL, à Alexandra qui s'arrange devant la glace.

Du punch!... cette robe de bal?...

ALEXANDRA.

Oui; j'attends du monde... je donne une soirée.

FARIBOL.

Une soirée! en mon absence!... et à qui, Madame?...

ALEXANDRA.

J'ai mon cousin le second clerc... et je l'ai invité... avec toute son étude.

FARIBOL.

Comment!... des clercs de notaire!..

ALEXANDRA.

Pourquoi pas?... Ils sont Français... et vaccinés!

LÉOPARDIN, sortant du cabinet.

Oh! la bourgeoise! (A Faribol.) Elle est très-bien!...

FARIBOL, impatienté.

Tu m'ennuies! (A Alexandra.) Madame, je vous défends **...

LÉOPARDIN, saluant Alexandra,

Léopardin jeune... Je suis la flûte.

ALEXANDRA, lui tournant le dos.

Qui vous dit le contraire?...

FARIBOL.

Je vous défends de recevoir des clercs, Madame!

ALEXANDRA.

Trop tard!... mes lettres sont parties... et puis, j'ai un peu de migraine... j'ai besoin de quelques distractions!

LÉOPARDIN, à part.

Elle est gaillarde! je suis fâché d'avoir une gastrite! (Il remonte et gagne la gauche.)

FARIBOL.

Ah! c'est comme cela?... Madame, je vous préviens que pas un homme au-dessous de cent dix ans, ne mettra les pieds ici!

* A. F. L.
** F. A. L.

ALEXANDRA.

Turlututu! turlututu!

FARIBOL.

Il n'y a pas de turlututu!... je vais donner des ordres! (Appelant.) Françoise! Françoise!...

SCÈNE VI.

ALEXANDRA, FARIBOL, LÉOPARDIN, FRANÇOISE,
puis SAINT-GLUTEN.

FRANÇOISE, au fond, annonçant.

Monsieur le comte de Saint-Gluten... (Elle sort à droite.)

FARIBOL, contrarié, à part.

Ah! sapristi! (Il va au-devant de Saint-Gluten.)

SAINT-GLUTEN, du ton le plus affable.

Excusez-moi, mon cher Faribol...

ALEXANDRA, à part.

Lui!...

SAINT-GLUTEN.

Je venais savoir de vos nouvelles...

ALEXANDRA.

C'est le ciel de la Corse qui l'envoie!... (Elle s'assied dans le fauteuil et prend une tapisserie sur le guéridon, elle travaille.)

SAINT-GLUTEN, à Faribol.

J'étais dans une inquiétude...

FARIBOL.

Vous êtes bien bon!... je vous remercie!... (A part.)-Il est très-poli!

LÉOPARDIN, à part.

Il n'a pas cent dix ans!

SAINT-GLUTEN, à Faribol.

Eh bien!... êtes-vous tout à fait remis de votre petit accident?

ALEXANDRA.

Quel accident?

SAINT-GLUTEN, se retournant comme surpris, puis s'adressant à Faribol.

Madame Faribol, sans doute?... Veuillez me présenter...

FARIBOL.

Certainement... (A part.) Que le diable l'emporte! (Haut.) Ma chère amie... monsieur le comte de Saint-Gluten... (Alexandra se lève et salue en même temps que Saint-Gluten.) qui a eu l'obligeance...

SAINT-GLUTEN, l'interrompant vivement.

Oh! le plaisir!... (A Alexandra.) de rendre un léger service à monsieur votre mari... pris d'un étourdissement... rue Papillon...

ALEXANDRA, se rasseyant et travaillant,

Ah!... numéro 7...

* L. F. St-G. A.

FARIBOL.

Oh! c'est-à-dire... (A part.) Est-il maladroit de dire ça!

LÉOPARDIN, à part.

Il est bien beau, ce Monsieur!...

SAINT-GLUTEN, lorgnant autour de lui.

Vous avez un petit appartement charmant...

FARIBOL.

Pardon... j'allais sortir...

SAINT-GLUTEN.

A votre aise!... (S'approchant d'Alexandra.) Oh! la ravissante tapisserie... on cueillerait ces fleurs...

FARIBOL.

Pardon... j'allais sortir...

SAINT-GLUTEN, prenant une chaise et s'asseyant près d'Alexandra.

Faites!... faites, mon ami... ne vous gênez pas.

FARIBOL, à part.

Comment! il s'installe?...

LÉOPARDIN, à part.

Et notez qu'il n'a pas de gastrite!

SAINT-GLUTEN, à Alexandra.

Il n'y a pour faire ces merveilles de goût et de patience que
la main d'une fée... ou celle d'une jolie femme!...

ALEXANDRA, avec coquetterie.

Ah! flatteur!... ah! flatteur!..,

LÉOPARDIN, bas.

Patron! ils se font de l'œil!...

FARIBOL, bas, agacé.

Je le vois bien! (Il prend une chaise et s'assied près de Saint-Gluten,
en disant :) Pardon!... j'allais sortir!!

SAINT-GLUTEN.

Vous donnez un concert, n'est-ce pas?... ce soir?

FARIBOL.

Non... dimanche! mais...

SAINT-GLUTEN.

Toutes les jolies femmes de Paris y assisteront, et Madame en
sera le plus gracieux ornement.

LÉOPARDIN, qui a pris aussi une chaise, s'asseyant près de Faribol.

Patron, il a dit : ornement.

FARIBOL, à Saint-Gluten.

Pardon, j'allais...

SAINT-GLUTEN, l'interrompant.

Vos polkas font fureur!... la dernière surtout... c'est un miracle d'harmonie!

FARIBOL, remerciant.

Oh! Monsieur!... (A part.) Pas moyen de le mettre à la porte
avec ses politesses!

SAINT-GLUTEN.

Aidez-moi donc? (Il fredonne un air de polka).

FARIBOL., fredonne complaisamment avec lui et s'arrête tout à coup.

Pardon... j'allais...

SAINT-GLUTEN.

Elle est intitulée?... *Pichenette*, je crois?...

ALEXANDRA.

Hein?...

FARIBOL, vivement.

Non!... *Chiquenaude!* (A part.) Est-il bête de dire ça!

SAINT-GLUTEN, à Alexandra.

C'est votre nom, Madame?...

ALEXANDRA.

Nullement!

FARIBOL, se levant vivement et emportant sa chaise au fond.

Un nom de fantaisie!

LÉOPARDIN, se rapprochant de Saint-Gluten[*].

C'est comme moi... j'en ai fait une appelée : *la Léopardine*, de mon nom de Léopardin jeune... (Il la chante.)

SAINT-GLUTEN, sèchement.

Je ne connais pas! (Il se retourne près d'Alexandra.)

LÉOPARDIN, se levant et emportant sa chaise à gauche. — A part.

Ignorant!... (A Faribol.) Dites-donc, il se fait tard... si nous mangions un morceau... avant de partir?...

FARIBOL.

Eh! prends ce que tu voudras... et laisse-moi tranquille!...

LÉOPARDIN, apercevant le plat de crème sur le buffet.

De la crème au chocolat!...

FARIBOL, à part, regardant Saint-Gluten et Alexandra.

Il lui parle bas.

LÉOPARDIN, prenant le plat de crème.

Voilà qui est fameux pour ma gastrite!... (Il emporte le plat et il entre dans la cuisine.)

FARIBOL, passant sa tête entre Saint-Gluten et Alexandra qui cessent de causer en le voyant[**].

Vous causiez?... peut-on savoir?... (Saint-Gluten se lève.)

ALEXANDRA, d'un ton indifférent et travaillant.

Oh! rien!... Monsieur me dit que j'ai des mains charmantes... Cela ne vous regarde pas!...

FARIBOL, à Saint-Gluten.

Pardon, Monsieur, vous avez désiré savoir des nouvelles de ma santé... je me porte très-bien... je suis complétement guéri... et j'ai bien l'honneur...

SAINT-GLUTEN.

Je vous comprends... je suis indiscret...

FARIBOL.

Mais... sans cérémonie...

[*] F. L. St-G. A.
[**] St-G. F. A.

SAINT-GLUTEN, revenant près d'Alexandra.

Et c'est bien naturel!... avec une telle compagne!... chaque minute qu'on vous prend est un bonheur qu'on vous vole! (Alexandra pose sa tapisserie et se lève.)

FARIBOL, à part.

Ah çà! il parle toujours et il ne s'en va jamais!... (Il va prendre un flambeau sur le buffet.)

SAINT-GLUTEN *.

Quant à moi, j'aime cette vie pure et honnête!... ce calme du foyer... près de sa femme... de ses enfants... (A Alexandra.) Vous avez des enfants, Madame?

ALEXANDRA.

Ah! ouiche!

SAINT-GLUTEN, à Faribol.

Comment?... paresseux!...

FARIBOL, à part.

De quoi se mêle-t-il?... (Haut.) Monsieur, je vous salue... à la fin ! ! !

SAINT-GLUTEN.

A demain, cher ami!

FARIBOL.

C'est inutile!

ALEXANDRA, gracieusement.

Nous vous recevrons toujours avec plaisir...

FARIBOL, à part.

Elle le provoque! (Haut.) Bonsoir! bonsoir!

ENSEMBLE.

Air du *Chapeau de paille d'Italie.*

FARIBOL.

A demain! (*bis.*)
Moi, j'irai vous serrer la main.
Ne venez pas ici,
Restez chez vous, mon cher ami.

SAINT-GLUTEN.

A demain! (*bis.*)
Je viendrai vous serrer la main.
Qand je fais un ami,
Moi, je n'aime pas à demi.

ALEXANDRA.

A demain! (*bis.*)
Revenez nous serrer la main,
C'est le droit d'un ami
Quand il n'aime pas à demi.

(Saint-Gluten sort par le fond.)

F. St-G. A.

SCÈNE VII.

FARIBOL, ALEXANDRA, puis FRANÇOISE.

FARIBOL [*].

Ah !... enfin !...

ALEXANDRA.

Il est charmant, ce jeune homme !... il a un petit air anglais très comme il faut !

FARIBOL.

Vous trouvez ?... (Il court au buffet, prend la sonnette et sonne.)

FRANÇOISE, entrant [*].

Monsieur ?

FARIBOL.

Si monsieur de Saint-Gluten se présente ici... je n'y serai jamais !... Madame non plus !...

FRANÇOISE.

Bien, Monsieur !... (Elle sort par le fond.)

FARIBOL.

Je n'aime pas qu'on ait un petit air anglais !... Je vais m'habiller ! (Il entre dans son cabinet à droite.)

SCÈNE VIII.

ALEXANDRA, FRANÇOISE, puis SAINT-GLUTEN.

ALEXANDRA.

Ah ! c'est comme ça ?... (Elle court prendre la sonnette et l'agite avec colère.)

FRANÇOISE, entrant par le fond [***].

Madame !...

ALEXANDRA.

Toutes les fois que monsieur de Saint-Gluten se présentera... vous le ferez entrer... et vivement !

FRANÇOISE.

Tout de suite, Madame !... (Apercevant Saint-Gluten au fond, et annonçant.) Monsieur le comte de Saint-Gluten ! (Elle sort à gauche, troisième plan.)

SAINT-GLUTEN, tient un gros bouquet qu'il cache derrière lui.

ALEXANDRA, à part.

Lui !... Eh bien ! tant mieux !

SAINT-GLUTEN, au fond, timidement [****].

Madame !...

ALEXANDRA.

Entrez donc, Monsieur, entrez donc !

[*] A. F.
[**] Fa. Fr. A.
[***] A. F.
[****] A. St-G.

SAINT-GLUTEN.

Vous m'en voudrez peut-être de revenir si tôt?...

ALEXANDRA.

Pourquoi donc?... je vous attendais...

SAINT-GLUTEN, étonné et joyeux.

Ah bah!... Je voulais simplement vous faire passer ce bouquet... oublié dans ma voiture...

ALEXANDRA, prenant vivement le bouquet.

Donnez!... ces fleurs sont charmantes!... charmantes!...

SAINT-GLUTEN.

Que vous êtes bonne!... mais je crains d'être importun... votre mari peut revenir...

ALEXANDRA.

Eh bien! qu'est-ce que ça me fait, mon mari?... restez!...

SAINT-GLUTEN, étonné.

Ah bah!

ALEXANDRA, fouillant le bouquet.

Tiens! vous avez fourré un billet là dedans?...

SAINT-GLUTEN.

Oh! pas devant moi!... quand je serai parti!

ALEXANDRA.

Mais pourquoi donc? si vous l'avez écrit, c'est pour qu'on le lise?... (Ouvrant le billet et lisant.) « Madame... c'est en tremblant « que je prends la plume... mais rassurez-vous, ma passion ne « sortira jamais des bornes du respect... »

SAINT-GLUTEN.

Oh! jamais!

ALEXANDRA.

Et vous appelez ça une déclaration?... C'est un placet, une demande de secours! c'est froid! ça donne l'onglée! (Elle froisse le billet et le jette à terre.)

SAINT-GLUTEN.

Ah bah!... je vous en écrirai une autre!... plus chaude!

ALEXANDRA, fouillant vivement à sa poche et en tirant un papier.

Attendez!... j'ai votre affaire! un brouillon de lettre à Pichenette trouvé dans la poche de mon gueux de mari! Quand on aime, voilà comme on parle! (Lisant.) « Chère petite cha-chatte!... »

SAINT-GLUTEN.

Hein?

ALEXANDRA, lisant.

« Te voir, c'est le ciel!... te quitter, c'est l'enfer!... » (Parlé.) Le brigand!

SAINT-GLUTEN, avec passion.

Oh! oui! vous voir, c'est le ciel!...

ALEXANDRA, lisant.

« Quand je serai loin de toi, que j'aie du moins un souvenir « de ta personne!... donne-moi... donne-moi de tes cheveux! »

SAINT-GLUTEN.

Oh! je n'aurais jamais osé... une simple boucle me rendrait si heureux!

ALEXANDRA *.

Comment! une boucle?... une boucle!... (Courant à sa corbeille et en tirant la tresse de cheveux de Pichenette.) Tenez! voilà ce qu'on lui a donné, à lui, le sacripant!...

SAINT-GLUTEN.

Oh! c'est trop! c'est trop!

ALEXANDRA.

Non! ce n'est pas trop!... œil pour œil!... dent pour dent! (Elle défait ses cheveux et les laisse flotter.) Prenez! coupez! ne vous gênez pas!

SAINT-GLUTEN, s'élançant vers elle.

O bonheur!...

FARIBOL, dans la coulisse.

Ah! prelotte! un bouton parti!

ALEXANDRA.

Mon mari! à merveille!

SAINT-GLUTEN.

Sapristi!

ALEXANDRA, lui indiquant un tabouret à ses pieds et lui faisant tenir un écheveau de laine.

Mettez-vous là... prenez cet écheveau, et du sang-froid! (Elle est assise à gauche et dévide l'écheveau que tient Saint-Gluten à genoux devant elle. — Ses cheveux restent dénoués sur ses épaules.)

SCÈNE IX.

ALEXANDRA, SAINT-GLUTEN, FARIBOL, puis FRANÇOISE.

FARIBOL, entrant, un gilet à la main.**

Diables de boutons!... c'est toujours au moment de s'habiller... (Apercevant Saint-Gluten.) Hein!!!!

ALEXANDRA, dévidant, d'un ton affectueux.

Ah! c'est vous, mon ami?...

SAINT-GLUTEN, tenant l'écheveau et sans se retourner.

Bonjour, cher!

FARIBOL, à part.

Et ses cheveux sont dénoués! (Haut avec colère, à Saint-Gluten.) Monsieur!... je vous croyais parti!...

SAINT-GLUTEN, se levant ainsi qu'Alexandra et tenant toujours l'écheveau qu'Alexandra dévide.

Oui ***: mais à peine au bas de l'escalier, je me suis aperçu que j'étais un mal-appris...

* St-G. A.
** St-G. A. F.
*** A. St-G. F.

FARIBOL., furieux.

Un mal-appris!... (Passant entre eux et prenant l'écheveau sur ses deux mains*.) Il me faut une explication!... (Alexandra casse la laine du peloton.)

SAINT-GLUTEN.

Rien de plus simple!... Vous donnez un concert dimanche et j'ai oublié de vous demander des billets! j'en prendrai vingt!...

ALEXANDRA.

Oh! c'est trop! (A Faribol.) Remerciez donc!

FARIBOL, tenant toujours l'écheveau sur ses deux mains.

Ah! c'est pour ça!... Mes billets son placés!... entendez-vous!...

SAINT-GLUTEN.

Comment! et vous ne m'en avez pas réservé un, à moi!, ah! Faribol! c'est mal!

FARIBOL, à part, furieux.

Oh! tout à l'heure! je vais le flanquer par la fenêtre! (Haut.) Monsieur... J'y vois clair!... Depuis une heure, vous faites la cour à ma femme!

SAINT-GLUTEN.

Ah! Faribol!... moi, votre ami!...

FARIBOL.

Oui, Monsieur!... il faut que ça finisse! je ne vous connais pas... je n'ai plus de billets et vous me ferez plaisir en oubliant ma rue, ma porte et mon numéro**.

SAINT-GLUTEN, riant et reculant.

Mais mon cher, vous êtes malade!... Madame, faites-le soigner, je vais vous envoyer mon médecin!

FARIBOL, parlant en même temps que lui.

Sortez, Monsieur... sortez... (Ils disparaissent tous deux par le fond.)

SCÈNE X.

ALEXANDRA, puis SAINT-GLUTEN, puis FARIBOL, puis LÉOPARDIN.

ALEXANDRA.

Rage! rage! mon chéri!... A-t-il été assez grossier, assez brutal avec monsieur de Saint-Gluten!... un homme du monde!... mais cela n'empêchera rien, ventrebleu!

SAINT-GLUTEN, entrant par la fenêtre***.

est parti?...

ALEXANDRA.

Ah!... Mais non, Monsieur...

SAINT-GLUTEN.

Fichtre!

* A. F. St-G.
** A. St-G. F.
*** St G. A.

3

FARIBOL, dans la coulisse.

Vous entendez, portier !...

ALEXANDRA, vivement, se mettant dans le fauteuil de droite.

Vite cet écheveau ! (Saint-Gluten prend l'écheveau ; elle dévide.)

FARIBOL, entrant par le fond.

Le portier est prévenu et... (Apercevant Saint-Gluten.) Hein ?...
encore!!! Mais c'est un dévidoir!... un métier à la Jacquart!...
(Furieux et s'élançant entre sa femme et Saint-Gluten.) Est-ce que vous
comptez jouer longtemps ce jeu-là, Monsieur?

SAINT-GLUTEN, se sauvant en riant.

Mon médecin est-il venu ?

FARIBOL, le pourchassant.

Je n'en veux pas de votre médecin !

SAINT-GLUTEN, riant.

Calmez-vous ! calmez-vous ! on va vous apporter un bain.

FARIBOL, le pourchassant.

Décampez, ou j'appelle la garde ! (Il sort en poursuivant Saint-Gluten,
et en criant :) A la garde!

ALEXANDRA, qui est remontée jusqu'au fond.

La garde!... Ah ! par exemple!... (Elle reste au fond regardant au
dehors.)

SCÈNE XI.

ALEXANDRA, LÉOPARDIN, puis FRANÇOISE, puis QUATRE
CLERCS.

LÉOPARDIN, sortant de la gauche, troisième plan, très-pâle, et tenant le plat
de crème vide.

Quelle crème, Madame!... elle est à l'estragon!... Il me
semble que j'ai un bain de pied à la moutarde dans l'estomac!...
et ils appellent ça du chocolat de santé!... (Il tombe assis sur une
chaise, à gauche; Alexandra redescend. Bruit des clercs au dehors, dans la coulisse du troisième plan, à gauche.)

FRANÇOISE, entrant vivement.

Finissez donc, Messieurs!... finissez donc!...

LÉOPARDIN ET ALEXANDRA.

Hein! qu'est-ce que c'est?...

FRANÇOISE.

C'est les clercs que vous avez invités et qui ne veulent pas me
laisser tranquille !

ALEXANDRA.

Mes clercs!... bravo! voilà le bouquet!... Entrez, Messieurs,
entrez! (Entrée des clercs *.)

CHŒUR.

Air de *Jaguarita*

LES CLERCS.

Au rendez-vous,
Madame, nous accourons tous. } *bis.*

* Lé. les Cl. A. Fr. deuxième plan.

Chacun de nous,
Ici, de vous plaire est jaloux.

ALEXANDRA.

Bonsoir à tous,   } bis.
Soyez les bi en-venus chez nous. }
Comme chez vous,
Chantez, riez, faites les fous.

FRANÇOISE.

Au rendez-vous,   } bis.
Voyez, Madame, ils viennent tous. }
Et près de vous
Chacun de vous plaire est jaloux.

LÉOPARDIN, à part.

Pour son époux,
Comme c'est doux!

TOUS.

Au rendez-vous,
Nous voici tous.

(Françoise ressort après le chœur.)

ALEXANDRA, aux clercs.

Enchantée!... enchantée, Messieurs!

LES CLERCS, saluant.

Madame!

ALEXANDRA.

Je compte recevoir tous les lundis, mardis, mercredis, jeudis, vendredis...

LÉOPARDIN, à part.

Samedis et dimanches!...

ALEXANDRA.

Et si vous voulez me faire l'honneur...

LÉOPARDIN, à part.

Elle est enragée!

PREMIER CLERC.

Que de bontés, Madame...

DEUXIÈME CLERC.

Une pareille bonne fortune!...

LÉOPARDIN, à part,

Que je suis donc fâché d'avoir ma gastrite!

FRANÇOISE, apportant le bol de punch sur un petit guéridon qu'elle pose au milieu de la scène.

Voici le punch!

LES CLERCS.

Bravo!... bravo!...

AIR : *La farira dondaine.*

Narguons à loisir
La mélancolie;

* Lé. A. derrière le guéridon. Les clercs à sa droite et à sa gauche.

Vive le plaisir!
Vive la folie!
Bon!
La farira dondaine,
Gué!
farira dondé!

LEXANDRA, un verre à la main.

Femmes qu'on trahit,
Vos pleurs sont stupides!
Buvons au dépit
Des maris perfides!
Bon!
La farira dondaine, etc.

TOUS.

La farira dondaine, etc.

FRANÇOISE, accourant du fond.

Chut!... voilà Monsieur!...

TOUS.

Le mari!

ALEXANDRA.

Restez, Messieurs, restez tous!...

FRANÇOISE, aux clercs.

Mais il est furieux!

LES CLERCS.

Furieux!... ah! sapristi!... (Ils disparaissent par les quatre portes autres que celles du fond et celle de la cuisine. L'un d'eux emporte le punch l'autre le guéridon.)

SCÈNE XII.

LÉOPARDIN, ALEXANDRA, FRANÇOISE, FARIBOL*.

FARIBOL, entrant.

Je l'ai conduit jusqu'à la porte... et j'espère qu'il ne reviendra pas!... Pour plus de sûreté, je vais vous enfermer à triple tour!...

LÉOPARDIN, ALEXANDRA et FRANÇOISE.

Hein!...

FARIBOL, à Françoise.

Avance ici, toi!... donne-moi les clés... les doubles clés!...

FRANÇOISE, hésitant.

Mais...

LÉOPARDIN.

Bourgeois! ne faites pas cela!

FARIBOL.

Tu m'ennuies! (Arrachant les clés à Françoise.) Les clés! petite malheureuse!

* L. F. A. Fr.

FRANÇOISE, poussant un cri.

Ah!...

ALEXANDRA.

Monsieur! Ne me poussez pas à bout!

LÉOPARDIN.

Ne la poussez pas à bout!... si vous saviez...

FARIBOL.

Laisse-moi tranquille! (Il ferme la porte de service.)

LÉOPARDIN, à part.

Enfermer quatre loups dans la bergerie!...

FARIBOL, montrant la porte du fond.

Et l'autre derrière moi, en sortant!

ALEXANDRA.

Monsieur!... je veux sortir... je sortirai!...

FARIBOL.

Turlututu!... (Il va prendre sa boîte à violon sous le fauteuil du fond.)

LÉOPARDIN, à part.

Faut-il lui dire... non! ça lui ferait de la peine!...

ALEXANDRA.

C'est une infamie!

FARIBOL, poussant Léopardin.

Mais marche donc! toi!

LÉOPARDIN.

Voilà! voilà! (Ils sortent tous deux par le fond; on entend le bruit de la serrure que Faribol ferme en dehors.)

ALEXANDRA, pendant qu'il ferme.

Monsieur! Monsieur! si vous avez le malheur de...

FARIBOL, en dehors.

Tenez-vous les pieds chauds!...

SCÈNE XIII.

ALEXANDRA, FRANÇOISE, puis les QUATRE CLERCS *.

ALEXANDRA.

Enfermée!

FRANÇOISE.

Bloquée!

LES CLERCS, paraissant aux quatre portes.

Est-il parti?

ALEXANDRA.

Messieurs, nous sommes prisonniers... comme Latude!

LES CLERCS, entrant, et gaiement.

Saprelotte!

ALEXANDRA.

Mais je n'en aurai pas le démenti!... Messieurs, je vous invite
ous à venir au bal!

* A. F. les Cl.

LES CLERCS.

Au bal *?

ALEXANDRA.

Chez M. Papavert!... je ne le connais pas... mais je vous présenterai!...

LES CLERCS.

Ça va! ça va!

ALEXANDRA.

Françoise, mon manteau!

LES CLERCS.

Mais comment sortir? (Ils vont aux deux portes fermées.)

UN CLERC, à la fenêtre.

Une échelle de maçon!

ALEXANDRA.

Celle qui a servi à monsieur de Saint-Gluten!.. je passe la première!..

FRANÇOISE, lui mettant son manteau.

Deux étages!.. vous pouvez vous tuer!...

ALEXANDRA.

C'est juste! (Elle court au guéridon de gauche et écrit.) « N'accusez « personne de ma mort... c'est mon mari qui m'a flanquée par « la fenêtre! » (Parlé.) Comme ça, si je me casse le cou, il aura son affaire!

FRANÇOISE.

Bonne femme! sa dernière pensée est pour lui!

ALEXANDRA, montant sur la fenêtre.

En route, maintenant!... Et sans balancer!!

CHŒUR.

TOUS.

La farira dondaine,
Gué!
La farira dondé.

(Tous les clercs s'apprêtent à la suivre.—Le rideau tombe.)

** F. A. les Cl. l'entourant.

Acte troisième.

Un salon octogone disposé pour un bal, chez Papavert.—A gauche, une porte. — Dans le pan coupé du même côté, porte conduisant dans d'autres salons. — Au fond, grande porte ouvrant sur une antichambre, décorée et éclairée. — Les entrées du dehors se font par cette porte et viennent de la droite de l'antichambre. — Pan coupé de droite, une grande fenêtre. — Devant la fenêtre, une estrade et un pupitre double pour les musiciens. — A droite, une porte.

—

SCÈNE PREMIÈRE.

PAPAVERT, puis CORINNE.

(Au lever du rideau, on voit des invités se promener dans la pièce du fond.)

PAPAVERT, en scène, tirant sa montre.

Dix heures moins sept!.. et pas d'orchestre, c'est inimaginable!..

CORINNE, entrant par l'angle de gauche.

Eh bien, Monsieur... ces musiciens?

PAPAVERT.

Je n'y comprends rien!.. voilà leur estrade... voilà leurs pupitres... et ils n'arrivent pas!..

CORINNE.

Nos invités se promènent depuis une heure... Est-ce que vous comptez donner un bal sans musique?

PAPAVERT.

Mais non! j'ai passé moi-même à huit heures et demie chez mon chef d'orchestre pour lui rappeler... je l'ai trouvé au milieu d'un déménagement... je l'ai aidé.

CORINNE.

Oh! quand les maris se mêlent de quelque chose... (Elle remonte.)

PAPAVERT.

Corinne! tu es bien cruelle pour moi *!.. Est-ce ma faute?

CORINNE.

Enfin, que voulez-vous que je fasse de nos invités? les dames baillent. les messieurs s'endorment...

PAPAVERT.

Ah! mon Dieu! si tu disais à notre nièce Emérantine de leur chanter sa romance d'*Amour et Tristesse?*

CORINNE.

Emérantine s'habille... et vous savez qu'elle en a pour longtemps.

* P. C.

PAPAVERT.

Oui, à cause de son épaule... Dis-moi, l'as-tu un peu cotonnée ?

CORINNE.

Mais oui... cela ne vous regarde pas !..

PAPAVERT.

Je crois lui avoir trouvé un prétendu... M. de Saint-Gluten m'a promis de venir.

CORINNE.

Monsieur de Saint-Gluten !.. est-il riche ?

PAPAVERT.

Dam ! il a un architecte ! (Tirant sa montre.) Dix heures ! dis-donc, Corinne, si tu leur chantais toi-même *Amour et Tristesse ?*

CORINNE, haussant les épaules.

Allons donc !..

PAPAVERT.

J'ai envie de louer un orgue !..

SCÈNE II.

LES MÊMES, LUCIEN.

LUCIEN, entrant par la droite *; il est en garçon de café.

Monsieur, me voilà ! Faut-il passer les rafraîchissements ?

PAPAVERT.

Pas encore... on n'a pas chaud... on n'a pas dansé !

CORINNE.

Tenez-vous dans l'antichambre pour annoncer.

LUCIEN.

Bien ! Madame ! (A Papavert.) Monsieur est-il content de ma tenue ?

PAPAVERT.

Parfait ! parfait !

CORINNE.

Pourquoi des gants noirs ?

LUCIEN.

Madame, c'est moins salissant... Voilà quatre mois que je les porte... Voyez !.. (Les mettant sous le nez de Papavert.) Monsieur peut sentir...

CORINNE, le renvoyant.

C'est bien .. allez !.. (Il remonte dans l'antichambre.) Encore une trouvaille de votre crû !..

LUCIEN, annonçant.

Monsieur et madame d'Apremont. (Un monsieur et une dame traversent l'antichambre de droite à gauche.)

* P. L. C.

CORINNE.

Mon Dieu ! encore du monde !..

PAPAVERT.

Et pas de musique !..

SCÈNE III.

PAPAVERT, CORINNE, LUCIEN, ALEXANDRA, LES QUATRE CLERCS.

LUCIEN, à Alexandra qui paraît au fond.

Le nom de Madame ?

ALEXANDRA, l'écartant.

Va te promener * !..

LUCIEN, annonçant.

Madame de Va te promener !..

PAPAVERT ET CORINNE, se retournant étonnés.

Comment ?..

ALEXANDRA, descendant résolument. — A elle-même.

Ça y est !.. j'y suis !.. et rien de cassé !.. Ah ! tu m'enfermes !

LUCIEN, aux clercs qui paraissent au fond.

Qui faut-il annoncer ?..

PREMIER CLERC.

Des navets !..

LUCIEN, annonçant.

Messieurs des Navets ** !..

CORINNE ET PAPAVERT

Qu'est-ce que c'est que ça ?.. (Les clercs viennent se ranger derrière Alexandra.)

ENSEMBLE.

Air : *A table !* (Rat de ville.)

ALEXANDRA ET LES CLERCS.

Nous voici, par miracle,
Dans ce bal parvenus !
Il n'est jamais d'obstacle
Pour des cœurs résolus !

PAPAVERT ET CORINNE.

Chez nous, par quel miracle
Tous ces nouveaux venus ?
Quelle est cette débâcle
D'invités inconnus ?

PAPAVERT, bas à sa femme.

Les connais-tu ?

CORINNE.

Nullement !

PAPAVERT.

Moi non plus !.. (Saluant les clercs et Alexandra.) Messieurs... Madame. .

* P. G. A.
** G. P. les Cl. entourant A.

ALEXANDRA.

Bonjour, monsieur Papavert.

LES CLERCS.

Bonjour, monsieur Papavert.

PAPAVERT, à part.

Ils savent mon nom ! (A part.) Oserai-je vous demander ?..

ALEXANDRA.

Ah çà ! la musique n'est donc pas arrivée ?

PAPAVERT.

Nous l'attendons... Mais...

PREMIER CLERC.

Monsieur, un bal sans musique, c'est comme une dinde truf-fée...

DEUXIÈME CLERC.

Sans truffes !..

TROISIÈME CLERC.

Et sans dinde ! (Tous rient.)

PAPAVERT, riant par complaisance.

Oui... (A part.) Qu'est-ce qu'ils me chantent ? (A Alexandra.) Ose-rai-je vous demander * ?

ALEXANDRA.

Quoi ?

PAPAVERT.

Votre figure ne m'est pas tout à fait inconnue... Mais... à qui ai-je l'honneur de parler ?..

ALEXANDRA, à part.

Diable ! Est-ce qu'il voudrait nous camper à la porte ?

DEUXIÈME CLERC, aux autres.

Nous ne tenons plus qu'à un fil !

PAPAVERT.

Pardonnez-moi, si...

ALEXANDRA, haut.

Je vous présente ces Messieurs... des parents... des amis...

PAPAVERT, saluant les clercs.

Messieurs, je suis très-honoré... mais... je n'ai pas le plaisir de...

PREMIER CLERC.

Permettez-nous de vous présenter Madame.

CORINNE, à part.

Ils se moquent de nous !

PAPAVERT, à Alexandra.

Madame... je suis très-honoré... mais tout ça ne me dit pas..

ALEXANDRA.

Monsieur, votre petite fête est charmante... Et Madame ?..

PAPAVERT.

Elle va très-bien !.. mais...

* C. P. A. Les Cl.

ALEXANDRA.

Et monsieur votre fils ?

PAPAVERT.

Je n'en ai pas.

ALEXANDRA.

Enchantée ! enchantée !.. (Elle remonte.)

LES CLERCS.

Enchantés ! enchantés !..

PAPAVERT, à part.

Mais qu'est-ce que c'est que ces gens-là ?..

SCÈNE IV.

LES MÊMES, SAINT-GLUTEN *.

LUCIEN, annonçant.

M. le comte de Saint-Gluten ! (Corinne et Papavert remontent vivement à droite.)

ALEXANDRA, à part.

Lui !.. il va nous présenter ! (Elle passe vivement à gauche, suivie des clercs.)

SAINT-GLUTEN, saluant **.

Mesdames !.. (Apercevant Alexandra.) Elle !.. (A Alexandra.) Ah ! que je suis heureux !.. J'étais si loin de m'attendre...

ALEXANDRA, bas.

Dites-donc, présentez-nous, et chaudement !..

PAPAVERT, à Saint-Gluten ***.

Vous connaissez cette dame ?..

SAINT-GLUTEN, prenant Alexandra par la main et la présentant.

Mais sans doute... c'est... c'est ma sœur !

PAPAVERT ET CORINNE.

Sa sœur !...

SAINT-GLUTEN.

Qui arrive de voyage... de très-loin... de Valparaiso.

ALEXANDRA, à part, allant à droite ****.

Très-adroit ! il a le fil !...

CORINNE, à Alexandra.

Oh ! que d'excuses !...

PAPAVERT.

Cette chère Madame de Va te promener !

ALEXANDRA ET SAINT-GLUTEN, étonnés.

Hein? (Saint-Gluten remonte.)

CORINNE, avec empressement

Vous n'avez pas froid ?

* A. les Cl. C. P.
** Les Cl. A. St-G. C. P.
*** Les Cl. A. St-G. P. C
**** Les Cl. St-G. P. A. C.

PAPAVERT, de même.

Vous n'avez pas chaud?

ALEXANDRA *.

Oh! merci!... (A part.) Ils sont très-gentils!...

PAPAVERT, indiquant les clercs.

Et ces Messieurs?...

ALEXANDRA.

Sont mes cousins!... vous voyez, je suis venue en famille.

PAPAVERT.

Et vous avez bien fait. (Aux clercs en leur distribuant des poignées de main.) Messieurs des Navets...

PREMIER CLERC.

Si nous sommes indiscrets... dites-le!...

PAPAVERT, les retenant.

Par exemple!... soyez les bien-venus!

ALEXANDRA, à part.

Nous nous casons! nous nous casons!

CORINNE, à Alexandra et à quelques dames groupées au fond.

Mesdames, Messieurs... voulez-vous que nous passions dans le salon gris-pâle? (Elle remonte avec Alexandra.)

PAPAVERT, à Saint-Gluten.

Je vous présenterai à ma nièce.

SAINT-GLUTEN, vexé.

Oui!... après souper!...

PAPAVERT **.

Non! avant... (A part.) Comme il n'y en a pas!... (Il s'approche des clercs.)

SAINT-GLUTEN, offrant son bras à Alexandra.

Chère petite sœur!... (Bas, avec passion.) Oh! j'ai des projets d'amour à vous communiquer.

ALEXANDRA.

Plus tard! j'attends la musique! (Pendant le chœur, Saint-Gluten donne le bras à Alexandra, les clercs les suivent, Papavert et Corinne les accompagnent.)

CHŒUR.

AIR: *Au théâtre on nous attend.*

ALEXANDRA, SAINT-GLUTEN, LES CLERCS.

Entre nous, vraiment ce bal
Promet d'être original!
Au salon, par politesse,
Suivons-le tant qu'il voudra;
Mais pour danser, je le laisse
Quand la musique viendra!

* Les Cl. P. A. C. St-G.
** Les Cl. P. C. A. St-G.

Entre nous, vraiment ce bal
Promet d'être original!

PAPAVERT ET CORINNE.

En attendant que du bal
On nous donne le signal,
Amérantine, ma nièce,
Au salon vous chantera
Son air : *Amour et tristesse!*
Cela vous amusera;
En attendant que du bal
Ou nous donne le signal.

(On passe dans le salon du fond par la porte du pan coupé.)

SCÈNE V.

FARIBOL, LÉOPARDIN, puis CORINNE.

(Ils arrivent par la droite ; l'un porte sa boîte à violon, l'autre sa flûte.)

FARIBOL, entrant le premier, à la cantonade.

Arrive donc!... quelle mâchoire que cette flûte! il s'arrête chez tous les pharmaciens!

LÉOPARDIN, entrant avec sa flûte et une botte de chiendent *.

J'ai pris une petite botte de chiendent et de la guimauve... parce qu'en rentrant... Quelle crème, mon Dieu!...

CORINNE, rentrant.

Enfin! vous voilà **, monsieur le chef d'orchestre! vous êtes en retard!... très en retard!...

FARIBOL.

Au moment de partir... un petit incident...

CORINNE.

Vite! mes danseurs s'impatientent... (Montrant l'estrade.) Placez-vous là ***... tâchez de nous faire une musique... qui inspire des idées de mariage.

FARIBOL.

A vous, Madame?

CORINNE.

Non; au frère de madame de Va te promener. (Elle entre dans le salon du fond à gauche.)

SCÈNE VI.

FARIBOL, LÉOPARDIN ****.

FARIBOL, étonné.

Madame de Va te promener?...

* F. L.
** F. C. L.
*** C. F. L.
**** F. L.

LÉOPARDIN.

Ce doit être une Hollandaise. (Il monte sa flûte.)

FARIBOL, prenant son violon.

Plût à Dieu qu'Alexandra le fût!... mais elle est Corse!...

LÉOPARDIN.

Corse! alors patron, je ne voudrais pas vous faire de peine... mais vous êtes toisé!...

FARIBOL.

Moi?... oh! je suis bien tranquille !... pour ce soir du moins... j'ai la clé dans ma poche!... (Riant.) Doit-elle rager!...

LÉOPARDIN, à part.

Pauvre homme!.. s'il savait que sa femme est enfermée avec quatre clercs!.. Décidément, je vais lui dire!.. (Haut.) Patron!..

FARIBOL.

Quoi?

LÉOPARDIN.

Non, rien!.. (A part.) Ça l'empêcherait peut-être de jouer du violon!..

FARIBOL.

Nous allons prendre l'accord... Y êtes-vous?

LÉOPARDIN.

Allez!..

FARIBOL., donnant un La sur son violon.

Voici mon *la*.

LÉOPARDIN, il donne une note toute différente.

Voici le mien!.

FARIBOL.

Mais ce n'est pas un *la* que vous me faites là!..

LÉOPARDIN.

C'est le mien... en mineur... c'est un *la* mineur.

FARIBOL.

Et moi, je suis en majeur... attention. (Il donne le La aux trois octaves. — Léopardin donne le La des deux premières octaves et pas celui de la troisième. Il secoue sa flûte et la met sous son bras.) Eh bien!.. allez donc!..

LÉOPARDIN.

Non!.. c'est la note qui m'est défendue par mon médecin.

FARIBOL.

Comment?

LÉOPARDIN.

A cause de ma gastrite,

FARIBOL.

Eh bien! ça va être gentil!.. Voilà un bal qui va être gentil!...

LÉOPARDIN.

La santé avant tout!..

FARIBOL.

Ah! mais! un instant!.. ça change les conditions!.. Je vous

donne sept francs, parce qu'il y a sept notes, mais du moment
que vous n'en jouez que six... vous n'aurez que six francs.

LÉOPARDIN.

C'est rat... mais c'est juste.

SCÈNE VII.

FARIBOL, LÉOPARDIN, PAPAVERT, puis CORINNE,
puis INVITÉS, puis ALEXANDRA ET SAINT-GLUTEN.

PAPAVERT, entrant.

Mais allez donc, l'orchestre!.. il y a deux heures qu'on vous
attend pour polker.

FARIBOL.

Tout de suite! tout de suite!.. (Il monte sur l'estrade et place la
musique.)

LÉOPARDIN, reconnaissant Papavert.

Tiens! mon médecin *!.. (A Papavert.) Docteur, ça ne va pas
mieux !.. j'ai des réminiscences à l'estragon!.. (Il tire une langue
énorme.)

PAPAVERT.

Allez au diable! mes consultations sont de midi à quatre
heures.

FARIBOL.

Allons, la flûte!

LÉOPARDIN, montant sur l'estrade.

Voilà! voilà!..

FARIBOL.

Attention !.. (Ils sont tous deux sur l'estrade, ils attaquent une polka.
Léopardin passe de temps en temps les notes aiguës.)

PAPAVERT, joyeux.

Enfin!.. voilà mon bal lancé! (Corinne entre en polkant avec un
invité. Elle est suivie d'invités qui garnissent le salon en polkant, puis enfin
Alexandra polkant au bras de Saint-Gluten.)

FARIBOL, la reconnaissant et jetant un cri.

Hein !! elle !!..

PAPAVERT, sursautant.

Qu'est-ce que c'est ?..

SAINT-GLUTEN.

Le mari !..

ALEXANDRA, avec force.

Allez ! la musique !..

FARIBOL, sautant au bas de l'estrade.

Avec lui !..

PAPAVERT.

Mais, que faites-vous donc ?..

* P. L. F.

FARIBOL.

Oui!... oui!... (Alexandra et Saint-Gluten passent dans un autre salon en polkant. Faribol les suit en jouant machinalement du violon; des groupes, en passant, l'empêchent d'atteindre Alexandra et Saint-Gluten.)

FARIBOL, les suivant.

Monsieur!.. Madame!.. Monsieur!.. (Il disparaît par la porte de l'angle gauche en les poursuivant.)

LÉOPARDIN.

Eh bien! où va-t-il donc? (Il suit son chef d'orchestre en jouant de la flûte. — Papavert le rattrape, au seuil de la porte, par la basque de son habit et le ramène.)

SCÈNE VIII.

PAPAVERT, LÉOPARDIN *.

PAPAVERT, le ramenant.

Mon orchestre qui déménage!... j'en tiens un morceau!...

LÉOPARDIN.

Je suis mon chef!

PAPAVERT.

Restez-là, Monsieur... et flûtez! flûtez!... on vous paie pour ça!...

LÉOPARDIN.

Docteur, une rapide consultation. (Il tire la langue.)

PAPAVERT.

Je n'ai pas le temps!

LÉOPARDIN.

Votre régime ne me réussit pas.

PAPAVERT, à lui-même.

Voilà un joli bal!...

LÉOPARDIN.

Et pourtant, je ne me permets pas la plus petite distraction... je bois du lait... je mange de la crème au chocolat... je fuis l'amour...

PAPAVERT, impatienté.

Eh! changez de régime! buvez du punch! et aimez tant qu'il vous plaira!...

LÉOPARDIN, radieux.

Ah bah!... aimer!... je puis aimer?...

PAPAVERT **.

Et jouez-nous quelque chose!..

LÉOPARDIN, regardant par la porte du salon.

Oh! les femmes!... les femmes!... Pristi!... quelles épaules!... (Il envoie des baisers.)

PAPAVERT, le repoussant.

Mais ce sont les épaules de ma femme!... Flûtez donc, Mon-

* L. P.
** P. L.

sieur!... (Remontant.) Où est le violon, maintenant? ne bougez
pas!... (Il disparaît sur les traces de Faribol.)

SCÈNE IX.

LÉOPARDIN, puis FARIBOL, ALEXANDRA, et SAINT-GLUTEN.

LÉOPARDIN, seul.

Je puis aimer! il me met aux spiritueux!... (S'exaltant.) Saperli-
coquette! si j'avais su ça à huit heures trois quarts, quand la bourgeoise!... Elle est belle... la bourgeoise!... Elle est spirituelle
la bourgeoise!... La voici!... je m'embrase!... (Un groupe de pol-
keurs passe dans l'antichambre. — Saint-Gluten entre en polkant avec Alexandra, Faribol les poursuit en jouant du violon *.)

FARIBOL, les séparant.

Corbleu! Madame!... que faites-vous ici?

ALEXANDRA.

J' danse la polka avec mes p'tits amis!

FARIBOL.

Il ne s'agit pas de Framboiser.

SAINT-GLUTEN.

Monsieur, je vous invite à être poli.

FARIBOL.

Je ne vous parle pas! (A Alexandra.) Par où êtes-vous sortie?...
car j'ai la clé!... par où?...

ALEXANDRA.

Par la cheminée.

LÉOPARDIN, poétiquement.

Comme les hirondelles!...

FARIBOL, plaçant une chaise sur son estrade. — A Alexandra.

Vous allez vous asseoir là **... près de moi... et je vous défends
d'en bouger!... Avez-vous votre ouvrage?...

ALEXANDRA.

Mon ouvrage!... Est-ce que vous croyez que je suis venue au
bal pour ourler des mouchoirs?

SAINT-GLUTEN, riant.

Ah! la plaisanterie est bonne!

FARIBOL.

Je ne vous parle pas!

SAINT-GLUTEN.

Permettez... permettez... Madame a bien voulu m'accorder la
deuxième polka...

ALEXANDRA.

Et la troisième, et la quatrième.

SAINT-GLUTEN.

Et la cinquième, et la sixième.

* St-G. F. A. L.
** St-G. A. F. L.

LÉOPARDIN.

Je m'inscris pour les autres.

FARIBOL.

Prenez garde! je vais faire un éclat!

SAINT-GLUTEN.

Pas de menaces, Monsieur.

ALEXANDRA.

Oh! vous ne me faites pas peur!... j'ai des amis ici! Je polkerai! je valserai! je mazurkerai! à votre nez, à votre barbe!

LÉOPARDIN, à part.

Énergique! énergique comme Mirabeau!

ALEXANDRA.

Et c'est vous qui me ferez sauter... avec votre imbécile de violon!... Allez, la musique!

SAINT-GLUTEN.

Allez, la musique!

LÉOPARDIN, à part.

Est-elle spirituelle!...

SCÈNE X.

FARIBOL, ALEXANDRA, LÉOPARDIN, SAINT-GLUTEN, PAPAVERT, CORINNE, LES QUATRE CLERCS, INVITÉS*.

TOUT LE MONDE, entrant par le fond et par le salon.

Eh bien! l'orchestre!... la musique!

FARIBOL.

Ah! c'est comme ça!... Eh bien! je ne jouerai pas du violon! Je ne veux pas que Madame danse!... elle ne dansera pas!

TOUS.

Hein?

ALEXANDRA.

Dans quel cabanon a-t-on pêché ce chef d'orchestre?

SAINT-GLUTEN.

Il est ivre!...

TOUS.

Pouah!

CORINNE, à son mari.

Payez-le, et qu'il s'en aille.

PAPAVERT.

Oui; voilà vos vingt-cinq francs...** et fichez-nous le camp!.
(Il remonte.)

TOUS.

A la porte! à la porte!...

FARIBOL.

Très-bien!... j'emmène Madame.

* P. C. St-G. A. F. L. les Cl. derrière.
** C. St-G A. P. F. L.

LES QUATRE CLERCS, l'arrêtant et le retenant.

Ne touchez pas!...

LÉOPARDIN, à part.

Tiens! je les reconnais! elle a amené sa petite bande!

ALEXANDRA.

M'emmener? et de quel droit?

FARIBOL.

De quel droit? (Se plaçant au milieu.) D'un mot je vais la foudroyer! (A tout le monde.) Messieurs... cette dame est ma femme!

TOUS.

Sa femme!

PAPAVERT.

Madame de Va te promener?...

SAINT-GLUTEN.

Ma sœur?

ALEXANDRA.

Allons donc! je ne connais pas ce musicâtre!...

TOUS.

Ah!...

FARIBOL, stupéfait.

Oh!!!

LÉOPARDIN, riant.

Oh!!! .

FARIBOL.

C'est trop fort!... j'en appelle à la flûte... parle, Léopardin*!...
(Il le fait passer au milieu.)

LÉOPARDIN.

Moi?... dam!... pour rendre hommage à la vérité... je n'en sais rien!... (Il remonte.)

FARIBOL.

C'est une conspiration!. . (Prenant la main d'Alexandra.) Suivez-moi, Madame!...

ALEXANDRA, se dégageant et se réfugiant au milieu des clercs**.

N'approchez pas! je me mets sous la protection du notariat français!

LES QUATRE CLERCS, rugissant.

Cristi!... à la porte!... à la porte!...

TOUS.

A la porte! à la porte!

CHŒUR.

AIR : *C'est épouvantable!*

A la porte!... à la porte!
Ah! c'est un furieux!

* C. St-G. A. P. L. F.
** St-G. C. P. F. A. les Cl.

Eh! vite qu'on l'emporte,
C'est un fou dangereux!

(Les quatre clercs enlèvent Faribol qui se débat, et le transportent dehors, pendant que Léopardin, sur son estrade, joue de la flûte avec acharnement.)

SCÈNE XI.

ALEXANDRA, LÉOPARDIN, puis les QUATRE CLERCS, puis PAPAVERT *.

ALEXANDRA, à part.

Ah! tu m'enfermes! ah! tu m'empêches de danser!...

LÉOPARDIN, à part.

Elle est seule! j'ai envie de me déclarer!... (A Alexandra, avec passion.) Madame!... les instants sont précieux!... permettez à une humble flûte!...

ALEXANDRA.

Quoi?...

LÉOPARDIN.

J'ai changé de régime, je suis aux spiritueux maintenant...

ALEXANDRA, sans comprendre.

Eh bien?...

LÉOPARDIN.

Mon médecin m'a ordonné le punch... et le sentiment!... j'attends le punch... quant au sentiment... (Tendrement.) Il est arrivé!...

ALEXANDRA, riant.

Ah bah!...

LÉOPARDIN, à part.

Elle rit!... (Haut.) Madame... une petite promenade... (Avec passion.) En voiture!... en voiture!... (On entend rire les clercs. — A part.) C'est embêtant!... elle allait se rendre. (Les clercs entrent en riant, par le fond.)

ALEXANDRA.

Eh bien! qu'est-ce que vous en avez fait?

PREMIER CLERC.

Nous en voilà débarrassés!... comme il était très-lourd, nous l'avons lancé dans l'omnibus de Chaillot.

DEUXIÈME CLERC.

Nous avions d'abord songé au pont des Arts.

PREMIER CLERC.

Mais cela nous eût mené trop loin...

LÉOPARDIN.

Le pont des Arts!...

ALEXANDRA.

Ils vont bien, les petits!

A.

PAPAVERT, entrant par la gauche *.

Allons donc la flûte!... nous n'avons plus que vous pour danser!...

LES CLERCS, entourant tous Alexandra.

On va danser!... Madame... une polka!... une polka!...

ALEXANDRA.

Un instant! procédons avec ordre... (Appelant.) Numéro 1!...

UN CLERC, avec une grosse voix.

Présent!

ALEXANDRA.

Superbe organe!

PAPAVERT.

Allons donc, la flûte!

LÉOPARDIN.

Je vais vous flûter ma *Léopardine!...* (A part.) Puis, après, tout au punch et au sentiment! (Il joue. — Ils sortent tous en dansant, par la porte des salons.)

PAPAVERT, les suivant.

Ils ont l'air très-gais, ses cousins!... et ils ne la quittent pas! c'est une famille bien unie!... (Il sort en dansant.)

SCÈNE XII.

FARIBOL, puis LUCIEN, puis LÉOPARDIN.

FARIBOL entre par la droite, avec un plateau. — Il est en garçon limonadier et porte un énorme toupet blond et des favoris semblables à ceux de Lucien.

C'est moi... me voilà revenu, j'ai sauté en bas de l'omnibus.. ça m'a coûté six sous... Ah! les gueux!.. mais soyons sournois... on me reficherait à la porte!.. Ah! il va se passer des choses dramatiques!.. Le commissaire de police est en bas avec deux gendarmes!.. Quant à ma femme, je viens de lui faire parvenir un petit billet... je lui donne cinq minutes pour capituler... les cinq minutes sont expirées... (Apercevant Lucien qui entre du fond avec un plateau **.) Ah! Lucien!.. (L'appelant!) Pst! pst!

LUCIEN, à part, étonné.

Un autre garçon! Qu'est-ce que c'est que celui-là?..

FARIBOL.

Va dire à madame Fari... (Se reprenant.) à madame de Va te promener, que... les cinq minutes...

LUCIEN.

Dis donc, si tu voulais bien faire tes commissions toi-même méchant limonadier!..

FARIBOL.

Hein? (A part.) Ah! oui!.. il me prend pour... (Haut.) Tiens... voilà cinq francs!..

* P. L. A. les Cl.
** F. L.

LUCIEN, à part.

Cinq francs ! Serait-ce M. Tortoni lui-même ?..

LÉOPARDIN, entrant par la première porte de gauche ; il est aussi en garçon limonadier, même coiffure et mêmes favoris que les autres. — Il tient aussi un plateau. — A part.

J'ai lâché ma flûte, pour papillonner autour de la bourgeoise *.

LUCIEN, voyant Léopardin.

Encore un !..

LÉOPARDIN, à Faribol.

Garçon ! je suis le vicomte de Léopardin, caché sous les habits d'un folâtre garçon... Tiens, voilà cent sous.

FARIBOL.

Bon ! je rentre dans mon argent.

LÉOPARDIN.

Il y a, dans le bal, une dame du monde qui a un petit papillon pour moi, je lui propose une promenade au bois de Boulogne, autour des lacs, tu vas lui porter ce message.

FARIBOL, lisant.

Hein ! madame Faribol !.. (Il lui donne un coup de pied.)

LÉOPARDIN.

Oye !.. finis donc ! Est-il bête !

SCÈNE XIII.

FARIBOL, LÉOPARDIN, LUCIEN, puis PAPAVERT **.

PAPAVERT, entrant.

Où est passée la flûte, à présent ?.. Vous n'avez pas vu la flûte ?

LÉOPARDIN.

Elle nous quitte à l'instant !.. Elle vient d'entrer là !.. (Il indique la droite.)

LES DEUX AUTRES GARÇONS.

Oui, là !.. oui, là !.. (Chacun indique un côté différent.)

PAPAVERT, très-ébahi.

Ah çà ! mais, voilà bien des garçons !.. Je n'en ai arrêté qu'un !...

FARIBOL.

C'est Lucien... un camarade... il m'a prié de l'aider...

LÉOPARDIN.

Moi aussi... de passer les rafraîchissements.

PAPAVERT.

Eh bien ! alors... passez-les !... vous êtes-là... plantés sur vos jambes...

FARIBOL.

Oui... c'est que j'attends quelqu'un...

* Lé. F. Lu.
* Lé. F. P. Lu.

LÉOPARDIN.

Moi aussi...

FARIBOL, et les autres.

Allez vous-en... allez vous-en !...

PAPAVERT.

Comment, que je m'en aille !... (Les poussant.) Voulez-vous cir-
culer avec vos plateaux !...

LES TROIS GARÇONS.

Voilà! voilà!...

FARIBOL, sortant par le fond, et criant :

Orgeat ! limonade! glaces !...

LÉOPARDIN, sortant par le pan coupé, et criant :

Régalez vos dames !...

LUCIEN, sortant à droite, en criant :

Grog, absynthe, vermouth !... (Ils reprennent ensemble leurs cris,
et ils disparaissent.)

PAPAVERT.

Est-ce qu'ils vont beugler comme ça dans mes salons !... (Courant après eux.) Taisez-vous donc !.. Taisez-vous donc ! (Il sort, au
moment où Alexandra entre, par le premier plan de gauche.)

SCÈNE XIV.

ALEXANDRA, puis SAINT-GLUTEN.

ALEXANDRA, entre furieuse; elle tient le billet de Faribol.

Ah! j'étouffe! je suffoque!... j'ai envie de mordre!... M'envoyer une sommation! me menacer des gendarmes!... Le brigand! au lieu de me prendre par la douceur, il me prend par
la gendarmerie... mais je ne l'attendrai pas!... je partirai!... je
pars! Où est le petit ?... où est la flûte?... où est mon étude? ..
n'importe qui... J'hésitais... je n'hésite plus !... je franchis
l'Isthme de Suez !... Mais où est donc le petit?... (L'apercevant en
train de causer à la porte du pan coupé.) Ah! le voilà! (Elle court à lui, le
prend par le bras, et l'amène en scène.)

SAINT-GLUTEN *.

Madame?...

ALEXANDRA.

Monsieur, êtes-vous un homme?...

SAINT-GLUTEN, gaiement.

Mais...

ALEXANDRA.

Alors enlevez-moi et chaudement!

SAINT-GLUTEN, étonné et joyeux.

Vous enlever!... où ça?...

ALEXANDRA.

A Bastia... à Saint-Germain... à Asnières !... où vous voudrez !... Vite!... mon manteau ! un fiacre !

* St-G. A.

SAINT-GLUTEN.

Oh! tout de suite! tout de suite! (Il sort vivement à droite.)

SCÈNE XV.

ALEXANDRA, puis LÉOPARDIN et SAINT-GLUTEN.

LÉOPARDIN, venant du fond, toujours en garçon, mais sans plateau *.

Elle est seule!... elle doit avoir reçu mon billet!... (S'approchant d'elle avec passion.) Madame!... le fiacre est à la porte!...

ALEXANDRA, sans le reconnaître.

C'est bien, garçon!.

LÉOPARDIN, à part.

O bonheur! elle accepte!

SAINT-GLUTEN, rentrant et apportant le manteau.

Voilà votre manteau... **

ALEXANDRA.

Vite! partons...

SAINT-GLUTEN.

Mais, tout est perdu!... les deux portes sont gardées par les
gendarmes!...

LÉOPARDIN, refroidi.

Les gendarmes? Il vaudrait peut-être mieux renoncer à cette
petite promenade...

ALEXANDRA.

Y renoncer?... jamais!... Où est mon étude? nous saurons
bien nous frayer un passage.

LÉOPARDIN, effrayé.

Sapristi!...

SAINT-GLUTEN.

Non... j'ai un moyen... nous sommes à l'entre-sol... et en
faisant avancer la voiture sous le balcon... si vous ne craignez
pas...

ALEXANDRA.

Par la fenêtre? ça me va! j'en ai l'habitude... marchons!...

SAINT-GLUTEN.

Marchons!...

LÉOPARDIN.

Marchons! (A part.) Je regrette ma gastrite.

* L. A.
** L. A. St-G.

SCÈNE XVI.

LES MÊMES, FARIBOL, puis PAPAVERT, CORINNE, LES CLERCS, LES INVITÉS.

(Tous trois s'élancent vers la fenêtre; ils l'ouvrent, et reculent en voyant Faribol planté sur le balcon son plateau à la main, en costume de garçon.)

FARIBOL.

Orgeat, limonade, glaces!

SAINT-GLUTEN.

Le mari!

ALEXANDRA.

Faribol!

LÉOPARDIN.

Je suis pincé! (Papavert et Corinne entrent, suivis des clercs et des invités.)

TOUS.

Qu'est-ce que c'est?... qu'y a-t-il?

PAPAVERT, à Faribol.

Que fais-tu là, sur cette fenêtre?

FARIBOL, toujours sur la fenêtre.

Je raconte une anecdote... M. Tortoni nous paie pour raconter des petites anecdotes dans les soirées qui languissent... c'est très comme il faut!...

CORINNE.

Ah! par exemple! écouter un garçon limonadier!

TOUS.

Oh!...

ALEXANDRA.

Pourquoi pas? puisqu'on ne danse pas, ça nous amusera.

TOUS.

Oui, oui... ça nous amusera!

PAPAVERT.

Allons, parle.... (A part.) Quelle drôle de soirée!

FARIBOL, arrivant en scène, il donne son plateau à Léopardin.

C'est un conte des *Mille et une Nuits*... arrivé à une sultane dont le mari tenait un café à l'enseigne du *Homard repentant*.. à Bagdad...

ALEXANDRA.

Continuez, garçon!

FARIBOL.

Ce mari... un nommé Faribol-al-Raschild... était un assez vilain coco... un pas grand'chose... qui ne craignit pas de tromper sa femme...

ALEXANDRA.

Pour une drôlesse...

FARIBOL.

De Bagdad!...

* St-G. A. P. F. C. un Cl. Lé.

CORINNE.

Oh! c'est affreux!

LÉOPARDIN.

C'est ignoble!

TOUS.

C'est abominable!

FARIBOL.

C'est un gueux!... je demande qu'on le fasse asseoir sur quelque chose de pointu!

PAPAVERT, à part.

Dire que c'est là une soirée dansante!

FARIBOL.

Mais il en fut bien puni!... Sa femme... la sultane... qui était Corse... de Bagdad... résolut de se venger!... Elle jeta les yeux sur un jeune calife...

LÉOPARDIN, à part.

Il m'a regardé, je suis le calife!

ALEXANDRA.

Continuez, garçon!

FARIBOL.

On convint d'un enlèvement... par la fenêtre... le palanquin était à la porte... la dame avait déjà son manteau sur les épaules et un pied sur le balcon ..

LÉOPARDIN, à part.

Ça finira par du sang!...

PAPAVERT.

Enfin, est-elle partie, votre sultane?

FARIBOL, regardant Alexandra.

Mais...

ALEXANDRA, avec force.

Eh bien! oui *...!

TOUS.

Hein?..

ALEXANDRA.

Elle sauta par la fenêtre malgré son mari, malgré les gendarmes, malgré tout!

LES FEMMES.

Elle fit bien!

FARIBOL.

Oui!.. mais sous le balcon... se tenait l'infortuné Faribol-al Raschild, un verre de limonade à la main (Prenant un verre sur le plateau de Léopardin.) comme ceci... il dit à la sultane : Étoile du matin! si tu files..; tu ne me retrouveras pas vivant!

TOUS.

Hein?

FARIBOL.

Et il tira lentement de sa poche un petit papier... (Il l'en tire.)

* St-G. A. F. les Cl. C

il le déplia... et versa dans la limonade une petite poudre blanche... (Il la verse.)

ALEXANDRA.

Ah! mon Dieu!..

FARIBOL, tournant la poudre dans le verre d'eau.

Et il tourna... tourna... puis, il but... et cinq minutes après, e docteur Ben Papavert balayait ses cendres qui gênaient les lames pour polker. (Il porte le verre à ses lèvres.)

ALEXANDRA, jetant un grand cri.

Non! arrête!.. je te pardonne!..

TOUS.

Hein!..

FARIBOL, l'embrassant.

Alexandra!..

ALEXANDRA, de même.

Faribol!..

PAPAVERT, voulant les séparer.

Qu'est-ce que vous faites donc? un garçon de café!..

FARIBOL..

Non! c'est ma femme!.. j'ai retrouvé ma femme!..

PAPAVERT.

Madame de Va te promener!.. (Faribol ôte sa perruque; même jeu de Léopardin. — Stupéfait.) Mon chef d'orchestre!.. la flûte!.. quel drôle de bal!..

ALEXANDRA.

Monsieur Papavert, je vous demande la main de votre nièce pour M. de Saint-Gluten.

SAINT-GLUTEN.

Permettez...

PAPAVERT.

Je vous l'accorde...

SAINT-GLUTEN, à part.

La bossue!.. dans une heure je serai à Madagascar!..

LÉOPARDIN, à Faribol.

Patron, votre histoire m'a donné des idées de mariage... Oui c'en est fait, je me marie!

FARIBOL.

Jeune homme, vous allez vous marier... écoutez les conseils l'un homard répentant : (A tout le monde.) Ne trompez jamais votre emme! (Il baise la main d'Alexandra.)

TOUS.

Ah! c'est bien! c'est bien!

FARIBOL, bas à Léopardin.

Ou ce qui revient absolument au même : Ne vous laissez jamais pincer! (Il reprend le verre sur le plateau eJ le boit.)

LÉOPARDIN.

J'aime mieux ça! (Apercevant Faribol qui boit et avec un cri d'effroi.) Malheureux!.. la poudre blanche!..

FARIBOL, bas.

Ne dis rien... c'était du sucre râpé !

CHOEUR.

AIR du *Cosaque du Don.*

Indulgence et bonté,
Amour, fidélité,
D'un bonheur très-parfait
Voilà tout le secret.

FARIBOL ET ALEXANDRA, au public.

AIR de *la Moisson* (Masini).

Avant d'entrer en ménage,
Écoutez du mariage
La morale douce et sage,
Qui promet
Bonheur parfait :
Indulgence et bonté,
Surtout fidélité !
Oui, voilà du mariage
La morale douce et sage ;
Elle promet en ménage
La félicité.

ALEXANDRA.

Maris, trahir sa femme,

FARIBOL.

Femmes, trahir vos maris,

ALEXANDRA.

C'est une chose infâme !

FARIBOL.

Surtout quand on est pris.

ENSEMBLE.

Oui, voilà du mariage, etc.

TOUS.

Oui, voilà du mariage, etc.

FIN.

Clichy. — Imp. Paul Dupont et Cᵗᵉ, rue du Bac-d'Asnières, 12.

www.ingramcontent.com/pod-product-compliance
Lightning Source LLC
Chambersburg PA
CBHW060815180626
46818CB00002B/830